生命，越到后期，一点一滴就越是精华……

"警惕奶奶"

有一次，我看见奶奶在艰难地翻着日历，眼睛几乎贴在上面了，她明显是在查看日期。我走过去帮她，她看了我一眼，这回没那么警惕凌厉，只是请我帮忙撕掉"昨天"那一页。

"佛奶奶"

等到歌曲结束时，让我非常惊讶的一幕发生了，奶奶艰难地抖颤着举起了双手，认真地鼓起掌来！天哪，这个病房里只有她自己一个人，而她听的又是走廊里的歌声，但她仍然在如此有礼貌地鼓掌……

郝奶奶

十几名同学分列在走廊两边，中间是空出的走廊，一个九十岁的奶奶弓着身稳步走着。

奶奶有一种威严，这种威严让所有人都感觉到了，以至于在奶奶走过来的几分钟里，十几个同学居然一句话都没有，静静地看着奶奶，仿佛接受着某种检阅……

"眼睛奶奶"

她坐在那里，每天盼着有人和她说话，但她怕，怕人知道她眼神听力都不好，怕人立刻就走，于是事先准备一大段话，只要是学生来，无论中学生大学生，这些话都能适用，说的时候再抓住对方的手。

"电话奶奶"

奶奶拿起电话，也不拨号，对电话大声说起来："闺女，我是你妈，你快来看我啊。"

"好，我现在在外面出差呢！过几天就去看你"！这样的声音在大厅响起，它来自奶奶身后的护士。

"百岁奶奶"

　　她几乎本能地在扭转身子，似乎想让身子侧过来，我猜测她是想让肉多的部位贴着床，这样她能舒服一些，而我没想到的是，她竟然还有另一个目的，她侧过身后开始伸手抓住了身边的护杆，抓得很紧，想再一次起来！

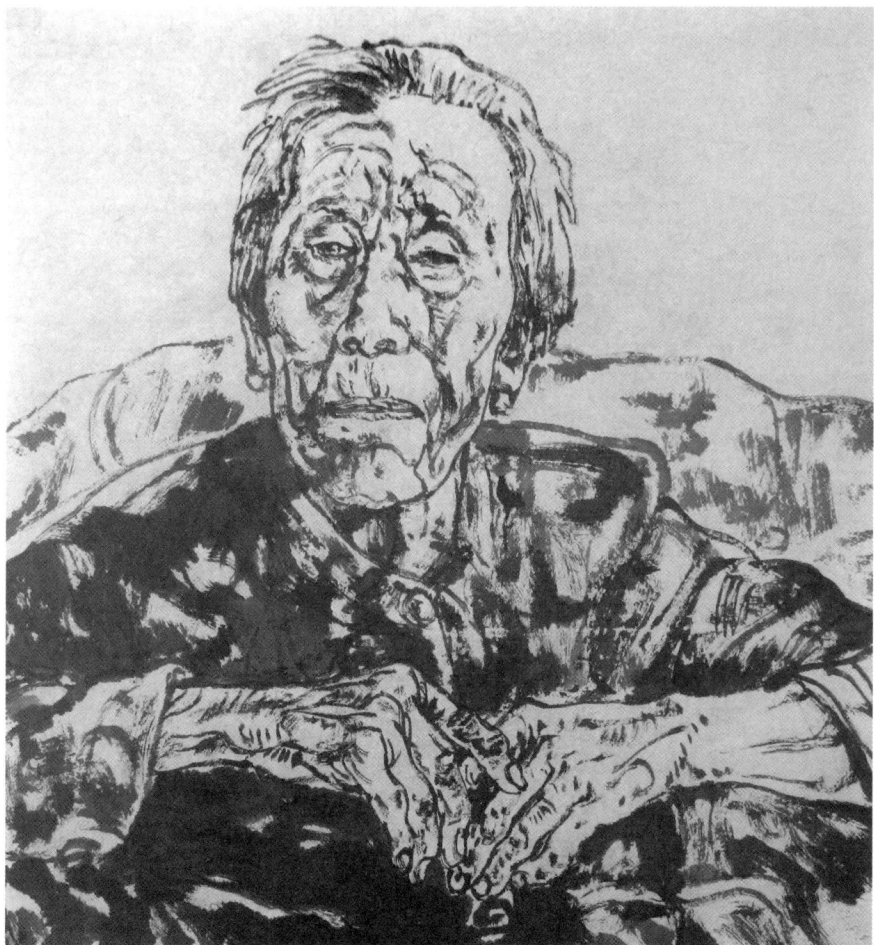

"俄语奶奶"

一个奶奶穿戴整齐地坐在沙发上，正盯着门口看，我看了她一眼，本能地笑了笑，她没反应，我就从她的门口走过去了，但不知为什么我又退了回来，发现她还在向门口看，我又对她笑了一下，这次，她冲我摆了摆手。

"电视奶奶"

她已经有了"幻视幻听"的迹象，说着说着，她可能就会突然问我："你看见门口有一个人影吗？"

"没看见啊，"门关着，又是磨砂玻璃，根本看不清什么。

"但是，我看见了呀，有两个人影，一个站着又坐下，坐下又站着，另一个还戴着金色的帽子。"她说这话时，表情明显是恐惧。

"桔子奶奶"

　　"桔子奶奶"非常喜欢我推着她在院子散步，推她的时候我也不累，甚至有些悠闲，尤其春天的时候，天气很好，小风吹着，我还悠哉唱着歌，心情也很快乐，因此到后来反倒是我主动去推她，这种感觉就像是在与亲人一起散步，而不是在作一种关怀……

"口音奶奶"

我很愿意领着"口音奶奶"走，从走廊这头走向走廊另一头，这个路很长，要走十几分钟，她的步伐很小走得很慢，同时脸上没有任何表情，甚至有点茫然，别人和她打招呼她也没什么反应，只是偶尔遇到一个她很熟的管理员，她会突然走向前，一把抱住对方，几乎要亲对方似的，大声地连续地说着："找到你了，找到你了，想死我了，想死我了……"

"欢乐奶奶"

　　"欢乐奶奶"屋里摆着大大的花篮，上面是祝她身体健康的条幅，这是她退休前所在的单位送给她的，奶奶非常兴奋，她坐在阳光下，仰头看着这大花篮……如果来了志愿者，她先不说什么，只是笑着看对方的反应，看对方看此花篮的反应，同时更大声地笑……这一刻，她真的是一个受宠的孩子。

她们知道
我来过

中国首部高危老人深度关怀笔记

张大诺 著

中国青年出版社

推荐序：让我们一起，慢慢变好

付小明

翻开此书，种种感怀涌入心里。这其中，既有对一个个饱含温度的故事的感动，也有对作者十年如一日的志愿行动的敬佩。作者用最细腻、真实的笔法，描摹老人在最后的日子里，最真实、简单的情愫，直击人心中最柔软的情感，引来无尽感慨，启迪深刻的思考。

这是一本真情饱满的故事书，记录下老人们生命的痕迹。在这段生命最后的日子里，有温情、有宁静、有期待、也有遗憾，作者以亲身的陪伴，带着读者一起走过这些时光。他根据奶奶们不同的特点，娓娓道出每一个细致入微的神情与情感；他给每位奶奶取了名字，让每个人的故事都独具特色；他享受并珍惜这些时光，让每一位静静离开的奶奶，带着爱与尊重，走过生命最后的日子。

这是一本充满智慧的志愿者手记，是经验的总结提炼。

故事的背后，作者细心总结与老人的相处之道、照料的心得体会，感情背后，是智慧的凝结。他让情绪低落的奶奶和"欢乐奶奶"结对，排解忧愁；他机灵地"恐吓""眼睛奶奶"，成功地让她出门做运动。他总能针对奶奶们的问题，找到最有效的解决方案。他总结"高危老人的生命发现"，其中收录的是看似简单通俗的道理，实则是久经检验的法宝，是珍贵的重要的生命提示，能让老人在生命的最后时刻，得到贴心的关怀与照料。

这还是一本养老服务业从业者参考借鉴的案头书。当前，中国的养老服务业正乘着国家政策鼓励的春风，蓬勃发展。但由于老年人基数大、老龄化发展趋势增快、养老服务业起步较晚等，现有的社会养老能力还不能支撑来势迅猛的人口老龄化和迅速形成的庞大老年群体。目前，还有很多老人得不到妥善的照顾，无法享有温暖的临终关怀。作为已有十年探索的临终关怀志愿者，作者的实践经验和智慧总结，不仅将引导更多爱心人士投身志愿者行列，激励敬老从业者热爱和重视这份职业，更为志愿者们提供了简便易行、切合实际的一些操作方法，帮助老年人提高生命质量，安详地走完人生的最后旅程。

我与书的作者相识于共同的敬老事业，他的执着与智慧让我很受感动。过去5年，我所在的强生公司通过支持老年人心理危机救助热线——爱心传递热线，走进了全国9个省区、12个城市、617个社区、2900余家养老机构，开通8条免费热线电话，直接帮扶有心理危机的老人33000余人次。5年的时间，我们通过热线咨询、宣传教育、咨询师培训、志愿服务"四管齐下"的全方位行动，助力老年人关爱，从立项到立法，从身体照料到精神关怀，领跑企业老年人关爱理念，开创了老年人公益服务的新模式。可以说，我们与作者是同一事业里并肩前行的伙伴，我们很高兴在前行路上有这样充满热情、信念的朋友相伴，很高兴能读到他的这本关怀笔记，为我们的执着前行，更增添了一份信心、激励和动力。

"老吾老，以及人之老"，这是美德，更是责任。关爱他们，是关爱整个生命，关爱未来的我们。正如作者所述，"这些高龄老人，是世上的宝贝。因为她们就是我们自己，她们就是在替我们生活，让我们看到活生生的自己的未来。如果我们能够找到让她们幸福的方法，以后，就有人以这些方法让我们获得幸福。"我们希望通过自己的实践，通过更多的动员，通过不懈的探索，找到让老人更幸福的方法，陪伴她们，慢慢变老，促使中国养老服务业慢慢变得更好。

最后，再引用作者的一句话，坚定我们彼此的信念："相信我们能为她们做的事情，没有止境，永无止境。"

(作者为强生公司企业社会责任委员会主席)

推荐序：陪伴幸福

高超

两年前，在缘分的安排下认识了张大诺，他给我的第一感觉是内心干净，生活简单纯粹。令我佩服的是他可以多年如一日地追求自己的梦想，不被社会的各种现象影响自己的坚持。这种精神确实不是常人所能及。当我跟他有更多的接触，了解他所做的志愿服务的事情后，更是自叹不如。每次跟大诺的会面都是非常愉悦的，他的思想鼓舞着我，他的行为感动着我，而他的境界更深深地感染着我。

在这本书里，大诺用简单的文字叙述了他与一个个高龄老人之间的故事，虽然是生活中再细微不过的点滴，其背后所蕴含的意义却是重大的。再渺小的行为，如果可以十年如一日地重复去做，那么它也会变成一项伟大的事业。临终关怀，这项还有很多人闻所未闻的事情，正在由像大诺一样的志愿者们默默地进行着。他们相互鼓励，相互支持，为的就是让更多的人加入到这个队伍里来，让更多的人明白和学会去陪伴身边那些至亲的人们（特别是老人）。往往当你坚持着你的坚持时，命运会将拥有共同信念的人安排到你的面前。因此，我们等来了这本书的出版，等来了类似于我们这样的机构的更多支持，等来了阅读着这本书的您来分享其中的经验和感悟。

如果每个人来到这个世界上都带有与生俱来的使命，并要通过不同的形式将其完成的话，那么我们每天所经历的其实就是一段寻找并完成这个使命的过程。有些人可能在很年轻时就已经清楚地知道了，而有些人可能会穷其一生去找寻答案。大诺无疑是幸运的前者，他在很年轻的时候就已经知道他的使命是要为他人的生命带来更多的希望与精彩，对于那些他曾经帮助过的人们，他犹如黑暗里的灯塔，永远可以给予他们内心深处所需要的光芒。这本书里的奶奶们是幸运的，她们在人生的最后时光里能遇到如大诺这样的志愿者，用最真诚的关爱去陪伴她们。我们是幸运的，可以在此刻读到这些简单而又有意义的故事，从中体会和感受人与人之间本应有的真情与爱。那些我们即将会陪伴的人们是幸运的，因为我们会更加懂得如何与他们沟通，懂得珍惜与他们相处的时光。读完这本书就会明白我们都是幸运的，只要我们还有陪伴他人的能力，能为自己所爱和关心的人带去所需的快乐，就已经是对彼此最大的幸福。

　　让我们共同将这份幸运传递下去，我想这也是作者分享其陪伴老人经验的初衷。陪伴更多老人轻松地走完最后的时光，也将会有更多人用同样的爱心来陪伴我们去经历那些终会到来的时刻。

　　（作者为安信信托股份有限公司董事）

她们知道我来过

中国首部高危老人深度关怀笔记

○

自序：她们，是神圣的

2013年12月31日，2013年的最后一天。

我终于完成了这部书稿。

历时十年，对近百位高危（高龄、有生命危险）奶奶的关怀，都记载在这本书里。

晚上六点左右，冬日的夜晚已经半黑，我在书房修改着最后的文字。突然，我想到，笔下的奶奶们，当她们在世的时候，我距离她们有近两个小时的路程；而现在，她们出现在我的书稿中，我与她们——面对面，没有任何距离，每写下一笔，就仿佛径直来到一位奶奶的身边。

抬头向窗外望去，远处工厂白色的烟在升腾，向四处蔓延，我的耳边，是恩雅在电影《指环王》里演唱的天籁一般的歌曲。

此时此刻，我突然有种感觉：

她们，是神圣的。

是的，神圣。

没有具体理由可以证明这一点，但她们确实是神圣的，她们是世上最无助的一群人，八十岁以上、身体极度衰老，许多人脑萎缩老年痴呆，甚至没有记忆和理性，最重要的是，她们没有未来，她们似乎就是等待死亡的人，但也正因如此，她们又似乎是极其珍贵的。

那些"看似无实际意义但又极其珍贵"的东西，就是神圣的吧。

生命最后阶段的日子，对她们来说，注定会流失掉，而我记下这一切，似乎只为了让人明白，她们是有生命的，有生命，就该留下痕迹。

这不仅是对她们的尊重，而是对生命本身的一种敬意。生命，越到后期，一点一滴就越是精华，尽管它看起来并不完美……

一个人，在生命的尽头还能表现出一些东西，又怎么不是精华？

这些精华，她们自己无法留下，就让我替她们留下吧。

同时留下的，还有十年中寻找到的——各种关怀她们的技巧与方法，这些方法，如果可以对每个读者每个家庭有益，使得人们可以更好地去关怀家里那位——老去的奶奶（爷爷），我将感到无比欣慰，乃至——幸福。

目录

第十三章 别样的温暖与欢笑

第十四章 高危老人的生命发现（四）

第十五章 脑萎缩特别严重的老人

第一章

"警惕奶奶"和"佛奶奶"

"警惕奶奶"的厚日历

在医院的二楼，住着一个"警惕奶奶"，之所以这么称呼她，是因为——她是一个脑萎缩患者，一直以为现在还是"文化大革命"时期，而她看人的目光总是充满警惕。

有时，在院子里，会有几十位老人并排坐在一起晒太阳，沿着这个"队列"走过去，大部分老人的表情是安详的，或者说是没有表情的，只有她的表情最紧张，紧紧绷着，好象随时准备反击什么。

与其他老人聊天时，我会问对方有几个孩子，以前在哪里工作等等，这样的问题老人们一般都愿意回答，但问到她时，她忽然一瞪眼睛，说："你问这个干什么？你是干什么的？"我一看苗头不对，赶紧把话题岔开。

她九十岁了，只能靠轮椅代步，她让我真正知道了：一个人到了九十岁，即使外表看起来还算健康，但是——确实很老了……一天中午，她在院子里吃饭，我坐在她旁边，看她喝着一碗粥，我惊讶地发现她喝粥时半边脸都在剧烈抖动，这种抖动有点儿像抽搐，但并不是真抽搐那样难以自控，正相反，她在拼命使劲地运动脸部肌肉去吞咽下那碗粥，不过确实，没有这个抽搐的动作，她几乎难以下咽。

那一刻，我几乎呆住了，我无法想象这一刻的她内心是何种感觉，或者说，内心是否有感觉，我真心希望她对此毫无感觉，真心希望她并不知道自己已经如此苍老与无助，而只是凭生存的本能"拼命"地摄取食物。

能认识"警惕奶奶"并被她逐渐接纳，是因为她的一本厚日历。

她有一本日历，最古老的那种黄历，字典大小，很薄的纸张，上面有大红的日期字样，也有"宜嫁娶"或"不宜搬迁"等提示。这个日历是她的宝贝，每次到院子里晒太阳，她都带着一个塑料袋，里面的东西每天都不太一样，但始终都有这本日历，很多时候，日历就混杂在破碎了的糕点中间，上面布满了蛋糕屑。

有一次，我看见奶奶在艰难地翻着日历，眼睛几乎贴在上面了，她明显是在查看日期，我走过去帮她，她看了我一眼，这回没那么警惕凌厉，只是请我帮忙撕掉"昨天"那一页。就这样，我们认识了，从那以后，我只要去看老人们，都会顺便去看她，然后帮她撕日历。不过，她对我并没有太大的热情，也从来没有说过感谢的话，仿佛我在做着一件"应该"的事情。

很长一段时间里，我都没有搞明白，她为什么总让我撕日历。

大概是因为我的帮助，她后来对我还算不错，具体表现就是每次愿意和我多说几句，这其中，就包括这样一次谈话：

"这几天有来查户口的。"她说。

"是吗？奶奶，我不知道。"

"你告诉他们，我是清白的，我的档案上干干净净，能证明我是清白的。"

"好的，我去告诉他们。"

"你一定要告诉他们啊。"

接下来的两三天里，她一看见我就说："我的档案是清白的。"……在那段时间里，我不太明白为什么她会以为有人查户口，直到有一天她坐在轮椅上小声地问我："现在搞什么运动啊？"

"运动，没有啊？"

"肯定是搞运动了，否则……"

"否则什么？"

"否则为什么要把我绑起来呢？"

噢，原来是这样。

医院担心很难坐住的老人在轮椅上滑下去摔倒，就用一根布条围着老人的腹部绑一圈，把老人固定在轮椅上，固定得并不紧，其他老人对这个布条都没有异议，只有"警惕奶奶"认为这又是搞运动了，把她给绑起来了。而且她很"顽固"，即使我给她解释多次，她就是不肯相信，最后干脆一言不发，转而自己去对付那个布条，不过布条的扣口是在轮椅后面的，她根本够不着，因此，她经常会耗时一两个钟头来做这件她根本无法做到的事情。

发现了这个问题，我也开始琢磨怎么解决老人的"布条心结"。

有一天，我在医院大厅里和"警惕奶奶"聊天，聊着聊着我忽然发现她正盯着某个地方，顺她的目光望去，我发现原来她在看另一个老人及其轮椅，噢，不对，她看的正是老人轮椅上系着的那根布条，她在盯着布条看！

我琢磨着，她盯着别人的布条看，那是不是说她在想：那个人也有这么个东西！

这是一个大好机会呀！我立刻对她说："奶奶 ，还记得上次我说过的话吗？那布条不是用来绑你的，而是用来保护你的，是怕你从椅子上掉下去，不信……我领你看看，那边有个爷爷也是这样的。"

　　她没有吱声，而这就是好兆头，因为以往她都是立刻反驳，现在的沉默说明她动心了，我立刻推着她的轮椅向爷爷走去。到了跟前，我把奶奶的手拿起来，放在爷爷轮椅后面的布条上，对她说："奶奶，没骗你吧，大家都有这个布条，你不能说大家都有问题，都是坏人，都被绑起来了吧？"

　　然后，我又推着她去另一个奶奶那里，让她摸布条，再去下一个奶奶那儿，还是让她摸，在整个过程中她都很听话，我让干什么就干什么，就这样摸了五六次，她都没说什么，我有种预感，她好像接受了我的话……

　　事实就是这样，从那以后，一直到她去世，在我们十几次见面中，她再也没有提过布条与捆绑的事，也再没有疑心重重地问我"在搞什么运动"，或者强力辩白"我是清白的"。这是我第一次真正解开一个高危老人的心结，这给了我巨大的鼓舞。最重要的是，它让我相信，虽然脑萎缩老人的心灵世界并非完全真实，但她们的痛苦——仍然有解，这世上总有一些话语属于他们，像钥匙一样打开他们的心锁，我的任务就是找到这些话，并说出来。

　　大声地说出来。

　　（提醒：许多脑萎缩老人都会对外界心怀恐惧，不过，是恐惧就有原因，只要找到原因，就必定会找到解决的方法，因此，请"无条件坚信"：无论她脑萎缩到什么程度，她的恐惧可以消除。）

智斗

"警惕奶奶"刚刚度过"是否运动"的风波，没过几天，她又发愁了。

问她怎么了，她的回答让我惊讶：她竟然和"俄语奶奶"吵架了。

事情的起因是这样的：在医院靠近门口的小厅里有一棵塑料树，树上有一些塑料果子，有一天，"警惕奶奶"经过这里，突然有些好奇，她凭着残留的一点视力觉得这东西很有趣，就用鼻子嗅那个果子，但没有闻到什么味道，又伸手摸了摸，才知道它是塑料的。而她的举动都被不远处的"俄语奶奶"看见了，俄语奶奶奋力地推动轮椅，向"警惕奶奶"冲去，到了近前，一声大喊："你想干什么？你在干什么？"

"警惕奶奶"觉得很奇怪，就说："什么干什么？"

"你为什么要偷果子吃，为什么要偷公家的果子吃？"

"警惕奶奶"一惊，她没事时都怕有事，现在更是蒙受不白之冤，她立刻极力辩解："没偷，我没偷，我就是看看它，然后摸摸，发现它是假的！"

"假的，不是假的，它就是真的，你就是要偷！""俄语奶奶"的视力要好很多，但她也太老了，九十一了，也有脑萎缩的症状，分不清那果子是真是假。而且她以前是做校长的，很有威严感。

两人争执不下，最后"警惕奶奶"都快掉眼泪了，好在医生及时发现，就笑着把"俄语奶奶"推走了。但这以后，两人就有了矛盾，有时护工推着"警惕奶奶"从"俄语奶奶"旁边经过，"俄语奶奶"就大喊大叫。其实，喊的内容也不一定与果子有关，但"警惕奶奶"就非常紧张……

有一次，在和我聊天时，"警惕奶奶"偷偷问我："那个老婆子在不在旁边？要是在的话，你把我推到别的地方去。"

"警惕奶奶"怕了"俄语奶奶"，我只好去劝"俄语奶奶"："奶奶，那天是不是有一个人在大厅那儿摸果子了？"

"对，摸了、偷了！让我抓住了，偷果子，哼！"

"奶奶，您听我说，那果子是假的。"

"假的也不能偷！"

"是，不偷，她就是好奇，想看一看是不是真的，你误会她了。"

"嘿！""俄语奶奶"不屑地撇了撇嘴，"偷了就是偷了。"

"俄语奶奶"这一撇嘴可是很有特点，头稍扬，脸一歪，嘴顺势撇在一边，口里发出"嘿"这个音，当她发出这个声音时，你说什么她都是听不进去的，基本上，那是她的最后裁决。（这位可爱的奶奶的故事以后详述）

我知道得想别的办法解决这个问题，但一时还找不到什么办法。

有一次，与"俄语奶奶"聊天，当我习惯性地夸奖她时，她的脸上立即笑开了花。我是这么说的："这个医院很多人都佩服你！"

"是吗？"她脸上笑意盎然，但身子微后仰，双手交叉放在胸前——刻意保持着她的风范。

"是，她们说这个医院里只有你还能读报！"

"对！是！对！"她的回答斩钉截铁。

"她们还说你做菜特别好，谁都不如你。"

"她们做菜的时候四处找我，我都不去，我没时间。"说这话时奶奶非常得意，我立刻顺势而入，对她说："还记得那个摸果子的奶奶吗？"

"哼，小偷！"

"奶奶，她托我给你说几句话。"

"什么话？"

"她想跟你学文化，她说这里只有你会，她说你特别有学问，你是这里最有学问的人！"

说这话时我一直在观察她的表情，她刚开始时还是一脸不屑，后来脸部肌肉一点点松弛，但明显忍着笑容，笑意已经在眼睛里了。

这时她说了一句话："她说得对，说得对。"

我立刻乘胜追击："奶奶，她那么诚心学，你就教她吧！"

"不教，不教，我小时候学习就好，全班我第一，多少人让我教，我不教！"

"虽然不教，看在她这么诚心的份上，你就原谅她吧，我看她是诚心想学。"

"原谅……？……原谅……也行。"

"要不，哪天看见她，你和她握个手？"

"握手，我都和她握手了！"

听这话我笑了，我知道她在说谎，但也说明她确实在心里不想再和"警惕奶奶"吵闹了，下一步就是观察效果了。

两天以后，当我再去医院时，我听见一个振奋人心的消息："俄语奶奶"在坐轮椅经过"警惕奶奶"身边时，主动打招呼了！这一消息也从"警惕奶奶"那里得到了证实，她非常惊讶、惊慌、甚至还有点恐惧地对我说："那天，那个老婆子和我说话了……"

（提醒：对高龄老人来说，一生中最核心的个性性格会表现得非常明显，需要善于利用这些个性性格，夸奖和谎言一起用，有时不但让一个老人高兴，而且能化解老人间的矛盾。）

我以为这件事已经过去了，但没想到，"警惕奶奶"并不领情，并且开始反击了。

过了几天，在大厅里，一个爷爷问我："你知道吗？那个老太太，总说俄语那个，你知道她以前是干什么的吗？"

"不知道，她是干什么的？"

"她以前是舞女。"

"啊？不会吧，你听谁说的？"

"就是那个总哆哆嗦嗦的老太太。"

"怎么会呢？"我这句话有两层意义，"警惕奶奶"怎么会知道这个呢？而且，她连现在是什么年代都很糊涂啊！

那天，我蹲在"警惕奶奶"旁边问她："那天说你偷果子的奶奶，你知道她以前是干什么的吗？"

"她以前是个舞女，不是好人！""警惕奶奶"的回答非常肯定，看来，还真是她传播的这个小道消息。

"你怎么知道她是舞女？"

"是你告诉我的。"

"啊！怎么可能？我从来没说过呀。"

"你说了，你告诉我她从前唱歌好呀！"

"所以她就是舞女？"

"对！"

我们的交谈到此为止，我一点点揣摩她的内心逻辑，后来，终于有点弄清楚了，她心里还是非常反感"俄语奶奶"的，但也没什么办法，只是一直在找机会让自己出一口气，听我说"俄语奶奶"以前唱歌好，她心里就把唱歌和跳舞联系到一起，再把跳舞和舞女联系在一起，再把舞女和坏女人联系在一起，最终，"俄语奶奶"就成了旧社会的"坏女人"——舞女。

之后几天，我一直想办法把这个谣言扭转过来，但不久就在大厅里发生了这样一幕，那是几个"老小孩"之间非常有意思的对话。

"俄语奶奶"和"警惕奶奶"又发生了矛盾，后者忍无可忍，对着"俄语奶奶"大喊："你不是好人，你是舞女，过去你是舞女！"

"俄语奶奶"一愣，不知道这话从何而来，也不认为这是在说她，因此并不生气。但那个爷爷愤怒了，他用颤抖的手拍着桌子，口里喊着："舞女怎么了？舞女也是人！舞女也是受害者！你不能瞧不起舞女！"

天啊！这都是哪儿跟哪儿啊！

最有意思的是，"俄语奶奶"仍然听不懂，还在乐滋滋看着面前两个人大喊大叫呢！

日历牌的秘密

一天，我去看"警惕奶奶"，她很认真地问我："今天星期几？"

我说："今天星期三。"

"不，今天星期五。"她大声纠正。

我笑了，"奶奶，今天确实是星期三。"

"你这人怎么这样，告诉你星期五就是星期五！你为什么骗我？！你出去！"她居然生气了，而且脸上的表情表示她已经气坏了。

我很奇怪，怎么说着说着就翻脸了，而且还气成这样，不就是个日期嘛。

终于有一天，我明白了，对她来说，日历牌并不代表时间，而是代表她的孩子来看她的时间，她说了这样的话："翻一页，我女儿来的时间就近了一天，翻了七页，我女儿就来了。"

她的女儿来看她，然后走了，然后，她的希望就在那个日历牌上，每次撕的时候，她都非常高兴，那"刺啦"的声音是她最愿意听的，那个日历牌代表着她对这个世界独特的时间概念，即日期年月都不重要，重要的是，这一天是那"七天循环"中的一天，"七天亲情循环"中的一天……

而那一天，她记得是周五，也就是说女儿再有两天就来了，但我纠正说是周三，则一下多出两天，多出两天的等待，她当然非常生气，以至愤怒。

从那以后，再去看她，每每看她抖抖颤颤地摸出日历牌让我撕，我就会对那本小小日历心生敬重，我也就郑重地撕下一页，交给她，然后特地在她耳边说上一句："奶奶，又过了一天！"

"警惕奶奶"在和我认识一年半后去世了，我想，在天堂里，她的内心一定恢复了平静，不再那么紧张和警觉了，奶奶，祝好……

为九十岁的老人戴手套

和警惕奶奶同一个楼层的"佛奶奶"也九十岁了，之所以叫她"佛奶奶",是因为她虔诚地信佛。

"佛奶奶"面相安详，方脸，下巴有点"地包天"，每一次，她坐着轮椅出来，都有"佛家音乐"相伴而来，她的脖子上挂了一个金黄色的兜兜，上面绣着佛祖图像，兜里放了一只永远播放佛乐的梵乐机。

她很干净，头发总是梳得一丝不乱，轮椅边上挂了一个塑料袋，里面放着卫生纸，供吐痰时用，她从来不向地上吐痰，每次要吐了，就哆哆嗦嗦地去塑料袋里找纸，实际上，她的行动已经非常困难，即使我替她把塑料袋的袋口弄得大一些，她也要摸上一两分钟才能找到。

她是河南人，有一次我问她："奶奶，您这么信佛，那您告诉我，佛是从哪来的呢？"

她明显是听错了，以为我问她是从哪来的，说了一句话，我当时就乐了，我们的对话放在一起就是：

"佛是从哪里来的呢？"

"是从河南逃难来的。"

每次出门，她都坐在院子里一尊大佛像的对面，然后一上午不停地用双手拜着，对她来说，到院子里来，与其说是晒太阳，不如说是在佛的对面，她觉得踏实。

在众多老人中，她的苦恼会好劝一些，只要提到佛就可以了，比如，我对她说："奶奶，您看您多有福啊，这么大年纪眼睛也好，耳朵也好，这肯定都是佛保佑您的。"

"是的，佛对我好。"

"而且您看，这院子里恰恰有一尊佛像，这就是为您而设的。"

"是的，我天天来拜啊。"

"佛对您这么好，那您得天天高兴啊。"

"我高兴，一定要高兴。"

和她在一起时，我的任务就是提醒佛对她的好，然后说些事情，再归到佛上去，这时候她的脸上并没有太大的喜悦，却是更加虔诚的样子，我说一句，她就向佛像那里看一眼，然后双手合拜，之后，她的表情和神色就会有明显的放松，不像刚出来时那种紧绷的或者"防范"什么的样子。

（提醒：对高危老人来说，以她最重要的东西为"引子"，劝解她的一些烦恼，增加她的快乐，这是非常简单实用的方法。）

秋日的一天，走进医院，我看见"佛奶奶"坐在小长廊前晒太阳，她戴了一顶红色的高顶帽子，显得特别喜气，我蹲在她面前："你好，奶奶。"

"呀，你来了！"她挣扎着把身子往前探。

我扶住她，然后和她聊天，聊了一会儿，她忽然哆哆嗦嗦把手探进胸前的袋子里，拿出一个东西，我一看，是一个线手套，魔术手套的那种，可以露出五个手指头。

"这是大学生给的。"她说。

"是吗？那多好啊！说明人家喜欢你。"说这话时我心里很感动，多好的志愿者啊！肯定是她们在与老人聊天时，握住老人的手，发现老人的手有点凉，就把自己的手套送给老人了，这是一个很精巧的女式手套，蓝、白、红三色丝线交织着。

"奶奶，这都是佛对你好，否则怎么会遇到这么好的人呢？还送给你手套。"

"是啊，佛对我好，总能遇见好人的。"

"奶奶，你为什么不把它（手套）戴上呢？"

"戴不上。"

这时我才发现奶奶的左手始终放在轮椅的下方，并且手指都伸不直，蜷在一起。

"奶奶，那我帮你戴吧。"

"好的，那就谢谢你了。"

我把奶奶的左手轻轻拿起来，拿起来的时候她的手仍然伸不直，我就把手套先套了上去，这时只有一个手指自然地伸了出来，其他的还都看不见，我把手套的"孔"伸开，看见奶奶的一个指头，不知为何我竟突然觉得这是一个婴儿的手指，我伸进左手，握住手指，轻轻往外拽，拽出来了，我笑了笑，然后再找其他手指……

在整个过程中，奶奶都安静地坐在那儿，身子微微前倾，我也知道了奶奶左手的任何一个手指都不能动了，那一刻，我的心里有点难受，戴上手套，一个多么简单的动作，但对她来说已是奢望，即便我们有爱心，但若不细心，也无法发现这一点……她太老了，太弱小了，就像婴儿一样。而在我们心中，我们潜意识里知道，婴儿自己是戴不上手套的，但我们潜意识里真的没想过——如婴儿般的九十岁的老人，也是戴不上手套的，我和她认识这么长时间，也没有这样的意识啊！

我花了近五分钟时间给奶奶戴上了两只手的手套，然后再把戴上手套的手握在手里，暖和一下还露在外面的手指头，奶奶仍然是身子微微前倾，和我慢慢说着什么……在我的旁边，有两个女大学生正陪另一个坐轮椅的奶奶说话，时不时有笑声传过来，而不远处还有几只鸽子在地上觅食。这一刻，我觉得有什么东西很……很……好。

确切地说，是美好。

（提醒：许多时候，不仅要把高危老人当做孩子，还要把他们当做婴儿，只有这样，才能真正知道他们的不易和需求。）

一个人的鼓掌

有一天，一个歌舞团来医院为老人做义务演出，许多演员在大厅里拿着麦克唱歌，医院特意打开了各楼走廊的喇叭，这样，病房里不能下地的老人也就能听见了。

我在大厅听了一会儿，就到病房去转转，等我走到二楼"佛奶奶"的病房时，看见她正一个人坐在床上，后面靠着厚厚的大被，此时她明显在仔细倾听走廊里的歌声，表情很专注，稍微低着头……

等到歌曲结束时，让我非常惊讶的一幕发生了，奶奶艰难地抖颤着举起了双手，认真地——鼓起掌来！

天哪，这个病房里只有她自己一个人，而她听的又是走廊里的歌声，但她仍然在如此有礼貌地——鼓掌……

那一幕，我终身难忘……

我没有立刻进去，而是在走廊里转了转，几首歌后，我重新回到"佛奶奶"的房间，和她聊天。

我坐在她床边，把胳膊放在保护老人的那个护栏上，她则始终靠着大被坐着，我们聊得很高兴，她说着她的孩子、她的身世以及把孩子培养成大学生的骄傲。聊了一会儿后，我发现她反复吃力地做着一个动作：想把身上的被角往上拽，我就替她拽了两次，但她还往上拽着，后来她终于把被角提了起来，然后向……我的方向运动，最后，她把被角放在了我压在栏杆的胳膊上。

做这些动作的时候，她非常吃力，有点抖抖颤颤的，我很奇怪，把这个被角放在我胳膊上干嘛？只见她还没有停止，开始动我的胳膊，好像是让我拿开，我拿开了胳膊，她又哆哆嗦嗦地把被角搭在了栏杆上，然后对我说了一句：

"把胳膊，放在……上面吧……要不，硌得慌。"

天呐，她如此艰难地做这些动作，就是怕我胳膊压在栏杆上硌得慌，而在我们说了几句话之后，这位九十一岁的奶奶就开始着这一艰难的行动，找个东西帮我垫上，她嘴里仍然和我说着，但心里想的却是被角的事情，经过近五分钟的努力后，她成功了……

明白这一切后，我的鼻子有点发酸，我忍不住伸手摸了摸她的头发，我的好奶奶啊！

一年后，"佛奶奶"去世了。

最后一次见她的时候，她很"健康"，面色红润地在院子里晒太阳，戴着她标志性的红色帽子，远远地看着我，我对她打招呼，她就那么一笑。她笑的时候很有特点，脸上肌肉几乎不动，但你就是能感觉到她笑了，并且觉得她笑得很"舒服"。

如今，她走了。

"佛奶奶"的一生可以用她自己说的三句话来概括："养了三个孩子，都是大学生"；"孩子们对我也孝顺"；"佛对我好，我也对佛好"。一个人的一生，到了生命最后阶段，往往只剩下几句话可以说，但这几句话又足以支撑整个临终阶段。其实，人这一生，只要找到几句话，这一生就够用了。

之后的日子，一想起她，我就想微笑，我真的不觉得她去世了，在我心中，她永远地坐在那里，戴着她的小红帽，远远地看着我，我一笑，她就笑了，脸上的肌肉几乎没有动，但她就是笑了……

（提醒：当老人到了人生最后的阶段，请为她的一生寻找两三句话——能让她觉得这一生过得很值、活得很快乐的话。另外，如果你真的帮助过一位老人，她给你的温暖，会让你终身难忘……）

"谢谢你，真的谢谢你。"

对我说这话的是"佛奶奶"的女儿，这也是我第一次从被我关怀的老人子女口中听到这句话。

这是一位六十多岁的女士，她很突然地出现在我面前，当时我正在医院院子的一个角落坐着，而她，明显是特意走过来的。她对我说："我母亲晚年很少照相，因此我们只找到了她与你的合影，我们就把这个照片放在屋子里做纪念，谢谢你，真的谢谢你给予母亲的精神关怀。"

我一时有点手足无措，完全不知道该说什么，然后她主动伸出手来，我赶快握住她的手，她又说了些谢谢的话，那种表情是由衷的，这种由衷让我非常感动。真的，我无从想象在我的关怀服务中会出现这样一幕，这是我生命里一个猝不及防的感动，我甚至觉得有什么从天而降，并且把不属于我的东西放在我这里了。噢，也许，许多子女都会在父母去世后的某一时刻，在心里想到我们这些人吧，也许只有一次，也许只有几秒钟，但对我们来说，就是巨大的意外、莫大的幸福……

第二章

自创体操的郝奶奶

郝奶奶真的要走了

快九十岁的郝奶奶病得很重了。

我去看她，她躺在床上，身上盖着被子，她看见我后眼睛放亮，嘴唇剧烈地抖动，我以为她要说什么，但最终我发现，她是在对我——笑。

是的，我的郝奶奶在用力地对我笑，她，她本不必这样的，但这就是她的……习惯。

我坐在她的旁边，她艰难地和我说了几句话，我示意她不要说什么，这时候她抬起手，指了指被子，我不知道是什么意思，她费力地吐出几个字："拽一拽。"然后她用手拉被子，但是，被子几乎没有动，她几乎没有一丝力气了……我赶紧把她的被子往上拽了拽，同时把四边四角的被子压实，她笑了一下，说："谢谢你。"

她又喘了几口气，说："我盼着，盼着能像妈妈那样。"

我明白她的意思，大约一个多月前，每次去看她，她都要对我说以下的话："我的妈妈特别有福，她去世前一天吃了一碗面条，然后对我说：我累了，我要去睡了。第二天再去看她，她就走了……她一点痛苦也没有啊。"

现在想来，她每次都讲这个事情，可能是预感到自己要走了，不过当时我对高危老人的离世没有太多概念，不太明白她们真切的生理感觉，我把这些话当作她的心理宣泄，我无法想象她们对自己生命进程的准确"预感"，那几乎是生命的本能……

我一次次和她说着："奶奶，你会好的，等到开春儿了，天暖和了，你就好了。"为了让她高兴，我还和她一起计算着到春节还有多少天，我们还憧憬着：她以后一百岁了，我们该如何庆祝。

对我的这种憧憬，奶奶很配合，面带微笑地和我谈论着。她在计算日子时也很认真，现在想来，也许她在想，还能过上这个春节吗……

之后，我增多了去看她的次数，每次去的时候，我都应她的要求，扶她坐起来，背后靠个垫子，同时在她躺下时替她把被子压实了。在那段时间，她特别特别怕冷，对寒气也特别敏感，即使一个被角微微鼓起来一点，她都不舒服。

再到后来，她几乎不能说什么话了。因此，我从她脸上看到的更多的是一种歉意，有时她靠在那儿几分钟就睡着了，我就安静地坐在旁边的椅子上看着她。这时的奶奶表情是严肃的，偶尔，脸上的肌肉一抖一抖的，我原本想悄悄地走，但是后来又想：她醒来时如果能看见我，她应该会高兴的。再后来想的是：我能这样看着奶奶也很好，因为这样的时候不会太多了……

我有点相信她真的要走了，因此，我本能地想着如何能让她高兴些，于是，去看她时，她只要很清醒，我就在她耳边说着我知道的她这一生的高兴事儿，说那么多人都对她好，说她这一生很有福气……说这些时她的嘴角仍然在动，不知是笑意还是想说点什么，但说不出口……

看着她这个样子，我知道，我们告别的时候真的不远了，那时我真的希望有老天存在，然后实现奶奶最大的愿望：像妈妈一样，睡上一觉就……

自创"体操"

郝奶奶是我终生难忘的奶奶。

她让我明白，临终关怀是一件有意义的事情，我几乎无法用言语表达这种感觉。我的意思是说，她向我敞开了一个临终老人全部的内心世界，同时，其内容又是乐观积极的。她让我从这一特殊的志愿服务中获得信任，并且吸取了良好的人生启示，这两点，对于我深入进行临终关怀意义重大。

关于她，好像有说不完的东西，因此真的不知从何说起……

在她还能够下床走路的时候，每天她都要走出病房，到二楼走廊走上一圈，然后下楼到一楼的走廊，再走一圈，再上楼，回病房。有一次，我在她的病房门口，正好看见她从走廊尽头走了过来……她个头不高，一米五左右，佝偻着腰，她的步伐很稳，仿佛每一步都能踩出一个脚印，表情近于严肃……走廊里本来有许多学生，但面对这样一位老人，同学们都本能地让着路，于是，就出现下面这样的场景：

十几名同学分列在走廊两边，中间是空出的走廊，一个九十岁的奶奶弓着身稳步走着……

奶奶有一种威严，这种威严让所有人都感觉到了，以至于在奶奶走过来的几分钟里，十几个同学居然一句话都没有，静静地看着奶奶，仿佛接受着某种检阅……

在很长时间里，我都以为奶奶这样走是因为在病房里太闷，直到那一天……

那天，我去探看她时已经是晚饭后了，她坐在床边一个小板凳上，收拾床下一个很大的塑料盒子。她慢慢地近于小心地把里面的东西一件件拿出来，放在床上，放的时候也很轻，有时放一个帽子却像放个易碎的玻璃杯一样。我想帮忙，但奶奶很坚决地拒绝了，那种语气仿佛我再坚持她就会生气，我就站在她旁边，和她说着话。

大概在十几分钟后，盒子里一半的东西都放在床上了，这时我看见她开始把东西放回盒子去。她放了几件后我就很惊讶：东西放回的位置与一开始拿出的一样，顺序也一样，换句话说，第四件拿出的东西就是倒数第四个放进去，而且位置也不变。

我本能地预测最后三个东西的顺序与位置，果然是这样！

我真的很奇怪，这岂不是把东西又重放一遍吗？这几乎是一种无用功啊。

"奶奶，您这是干吗呢？为什么都原封不动地放回去啊？"

"这是我锻炼身体的一种方法，拿起来放回去，手和脑就都能得到训练。"

原来如此……

"那您天天都这样吗？"

"不，我天天走一圈，一周再做一次这样的锻炼，这样我自己就还能走。"

这一刻，我对奶奶几乎有点肃然起敬，我看到了一个九十岁老人的极度自律，要知道，她坚持这么走要克服的东西很多：衰老的身体，以及由衰老而生的越来越大的惰性，而她不但天天那么走着，还自创了"收拾盒子"的"体操"！

她的心中，对"自己能走"有着何等强烈的渴望，又有着何等强大的行动力啊！

老榜样

每次见到郝奶奶，她都会对我笑，那个笑容直接而且灿烂，每次告别的时候她也会对我笑，另外，不论我们多么熟了，她的笑容里始终都有一种……近于礼节性的东西，并且说着感谢我来看她的话。

那个时候，我们经常在二楼的大厅说话，她会在上午九、十点钟的时候坐在那里晒太阳，她坐在一个小板凳上，眼睛看着前方，就那么安静地坐在阳光里……

每次看见我来了，她都要挣扎着站起来。她起来很费劲，但总是坚持起来和我打招呼，她说："这样才礼貌……"我要走时，她还要挣扎着起来，我扶住她不让她起，她就会非常非常客气地说一声："谢谢，谢谢你来看我。"

她喜欢和我说老北京的事情，比如"北京老三代"什么的。让我惊讶的是，她甚至认识孙中山。在她小的时候，孙中山去过她家，于是民国时候的事情也是她最喜欢说的。有一次我告诉她宋美龄去世了，她非常感慨，口里嘟囔着："噢，她也走了，她也走了……"

后来，她明显地加强了锻炼，许多次我去她病房时都看不到她，她不是在大厅晒太阳，就是在走廊里锻炼走步，她对我说："我最怕、最怕和他们一样……"她指的是病房里其他几位一动不能动的老人。而实际上，她的年龄比那些老人都大！

有一次，我笑着对她说："奶奶，我真的很佩服你，你真的很有毅力，以后你就是我的榜样了，我就叫您老榜样吧！"

奶奶哈哈大笑起来："你呀，就想着让我高兴！"

我起身告辞，她又要挣扎着起来，我赶快扶住她，然后我又听到她的非常客气的话："谢谢，谢谢你来看我……"

替她打的电话

"我非常担心她，不知她怎么样了，你能帮我个忙吗？打个电话。"这是我认识郝奶奶一年多以后，她第一次对我提出要求。

原来，有一个外边医院的护士来这里做志愿者，她对奶奶很好，奶奶曾经多次和我讲起——"国庆节她也不休息，来这里看我，还带我到医院旁边的饭店吃好吃的。"听完这话我真的很感动，这个护士能想到带已经九十岁的奶奶到饭店吃饭，她是多想让奶奶高兴啊！

"奶奶，您让我打什么电话啊？"

"她好久没来了，这倒没什么，只是她说婆婆这几天身体不好，有生命危险，我担心……"

"担心她婆婆？……"

"我更担心她啊，她心脏不好，我怕她这些天太累，怕她心脏出事，我这心一直七上八下的……"

说这些话时，奶奶的表情一直很焦虑，说完后就沉默不语，低着头。

"奶奶，您放心吧，我给她打电话。"

我后来按照奶奶给我的电话打了好几次，一直没人接，我怕奶奶担心就没告诉她，但那两天我有点不敢去看郝奶奶了，怕她问，怕她失望的表情。

等我终于打通了，找到这位护士，她很惊讶我的来电，听完我说的话之后，她那边有点沉默，口里喃喃说："奶奶啊……"

她告诉我，这几天一直在办婆婆的后事，早出晚归的，她还让我转告奶奶："等忙过这阵，我就去看奶奶，对了，她的身体还好吧？"

"还好，她就是担心你的心脏。"

"……我知道。"

我把这个消息告诉奶奶，奶奶很高兴，她一个劲儿地摸着自己的胸口说："那就好，那就好，那我就放心了，心脏没事，心脏没事。"

别了，郝奶奶

我不会忘记与郝奶奶的最后一面。

那天是上午，我去医院看她，一推门，我向她靠墙的病床一看，那个床竟然是空的！我心一惊，以为发生了什么意外，而又转向其他病床时，我笑了，原来奶奶被调到了中间的一张病床。

我走过去，发现她正在睡觉，我放轻了脚步，走到她跟前，她睡得很沉，但睡姿却是一个危重病人的样子：侧躺着，头不是枕在枕头上，而是耷拉在枕头上，身体也微微蜷着……

看她这个样子，我有点心酸，也不忍心叫醒她，就走了。

这一别竟是我们的永别。

当天中午，奶奶去世了。

我第二天再来的时候，她的床空着，奶奶不在了，她真的走了。

我们相处一年多了，现在，她在另一个世界了……

我在奶奶床前站了好一会儿，最后走了，当我快走到门口时，护工忽然喊了我的名字，对我说了一句话："那天，郝奶奶知道你早上来过了。"

一句话，我的鼻子有点发酸，不知道为什么，真的不知道为什么……

我来到走廊里，慢慢走着，突然间，有一句话出现在我心里：我和奶奶认识一年多，我陪伴她走完了生命最后的旅程，最后，这一句"她知道你来过了"，足够了。

足够了。

在奶奶去世的三四天内我都没有哭，对奶奶来说，她实现了安详离去的愿望……但是那天，我从一楼走向二楼，在楼梯拐角处我站住了：墙上有几张照片，有一张是几个老人围着一张桌子在看报纸，郝奶奶就在其中。

她侧着脸，表情认真而专注……

看着她，突然间，我哭了。

第三章

三位如此特殊的奶奶

不能接近的老人

这是一位失明的奶奶。

夏天的时候，每天上午，她都会被护工扶起来，安置在轮椅上，推到二楼小平台靠门口的地方，这样她就能晒晒太阳，还不会被风吹到。

老人说自己快一百岁了，实际上只有九十二岁，但她长得很有一百岁的迷惑性，脸有点抽巴，下巴往上兜着。她的大脑很清醒，我问什么她都有来有往地答着，说话的时候表情很拘谨，像是小学生在回答老师的问题。

那天我去看她，她正躺在床上休息，为了让她听见，我就把头越过她的头，靠向她听力较好的右耳，和她聊着天。

一开始她的表情还是有点拘谨小心，说着说着脸上就有了笑意，我就问她："奶奶，在这里什么都不要想，天天就像现在这样高高兴兴的。"

只这一句话，她突然带着哭腔喊了一句："我看不见了……"

"没事的，奶奶，人老了都会看不见的。"

"我看不见我的孩子了……"

只这一句，她的眼泪就流出来了，我一惊，有点不知所措，而她的眼泪越流越多，她用手一下一下擦着……我赶快把劝另一位奶奶的话说给她听，关于这个楼里所有九十以上的老人都看不见的谎言（以后详述），她慢慢平静下来，最终不哭了，然后说了一句："你在这儿再坐一会吧……"

这样的话，她以前从没和我说过，不过，这时我恰好有事，我就和她说："奶奶，我有事，得先走，我以后肯定会常来看你的。"

不过，以后，我却不太敢去看她了，我担心，她一听见是我，就会想起今天的谈话，就会再为"看不见孩子"而伤心，而这种伤心是根本劝不了的，唯一的办法就是不让她总惦记这件事，那我，就……远远地看着她吧……

（提醒：哪些事、哪些人是老人的情感伤心点，作为子女和志愿者，一定要非常清楚，那些"点"会激起高龄老人巨大的心理反应，而且他们根本无法自控，一定要规避那些"点"啊……)

若有所思的老人

这个奶奶看起来非常普通，但是……

她走在走廊里和周围的人点头打招呼，非常客气；然后坐在走廊的长椅上，面带微笑地看着其他老人做游戏，但她……很少说话。

我观察她好几天了，她一直都没有说话，有时志愿者从她身边走过，跟她打招呼，她会明显地一愣，甚至像受了惊吓似的，但随即又是非常有礼貌地微笑、点头。

我觉得她什么地方有点不对，但又一直说不好，直到那天，一个医生告诉我："她很可怜的，以前是个老师，现在记忆力全丧失了。"

记忆力全部丧失，那岂不是比脑萎缩还严重，那，那是怎样一种状态？

那天，我主动坐在她旁边，说了一句："你好！"

她又是一惊的样子，随即立刻笑着回答："你好！"然后就转了一下身，正对着我，但不说话，似乎是等着我的进一步发问。

"听说您以前是老师？"

"我……是个……老师……"她说得很慢，而且有明显的停顿，好像说两个字就要停下来想一下。

"那很好啊，我的母亲也是老师，那您是教中学还是小学？"

"我……我是教……对不起……他们说我的记忆都没有了……我想不起来了……对不起。"

"没关系，没关系，有些事情是可以想起来的，另外，只要每天心情高兴就能想起来，所以您一定得心情好。"

"是……吗？"

"对呀，你心情越好，想起来的事情就越多。"

"好的……谢谢……你。"

我拍了拍她的手，她对我笑了笑，我就起身告辞了。

我知道，以后与她"语言交流"的可能性不大了，虽然仅这一次谈话，但我明显感到她在努力寻找她的记忆，在回答我的问题时她明显在"想"，并不是立刻说"想不起来"，而是费力地想了一下，才无奈地告诉我。而我如果执意与她交流，她的这一痛苦无奈的过程就会反复出现……

以后的日子里，每次在走廊里和她见面，我都会热情地和她打招呼，她开始还会一愣，后来则直接是热情的回应……"热情问候"与"热情回应"，我们之间的交流就是这样，很热情，也很浅，而我，似乎只能做到这些了。

有一天，我终于明白她的"不一样"是什么了，就是"若有所思"，她总在想着什么，甚至是沉浸在她自己的某些念头里，别人一问她，她需要从那里出离，于是当然会一愣。

那么，她又在想什么呢？

我可能永远都不知道了。

"奶奶，今天数数了吗？"

这个奶奶喜欢数数，我就叫她"数字奶奶"。

"数字奶奶"的面色非常好，是那种很显年轻的面色，她已经八十多了，但看着也就七十出头。第一次和她聊天时，她正坐在院子里晒太阳，那个时候是下午一点，许多老人都在睡午觉，她不睡，早早地坐在那里。

我问她为什么不睡，她说："中午睡了，晚上就睡不着了。"

她曾经是一位中学老师，很爱笑，说着说着就笑了，不论这个事情有没有可笑的地方，甚至有的时候她看别人在干什么，也在微笑，因此，她给人的感觉总是非常亲切。

我问她："奶奶，每天你都怎么过啊？"

"起来后，我先数一下数。"她笑着说。

"数数，数什么数？"我很奇怪。

"就是数有多少人从我门前经过呀，"她脸上是兴奋的表情，身子还向前探一探，"我告诉你啊，一般是八十多个，最多时候有一百多个呢！"

我有点替她难过，她实在太寂寞了，而她打发时间消除寂寞的办法竟然是"数数"，她坐在那里，像完成某个功课一样，盯着门口，过一个人，就在心中数一个，不论走过的人是护工、医生，是病人还是病人家属，人过得快了，就多数快数，尽量不让人数混淆，因为在她心中有一个比较，想看看，今天的人是否比昨天多。

这种"比较"在别人看来无所谓，但在她的心里就像一个游戏，一个有趣的游戏，如此想来，游戏的快乐也是她心中难得的快乐吧……想到这里我突然不替她难过了，我应该尊敬她才是！是的，尊敬！她在为生活中多一点快乐而做着努力，这种努力对她来说已经成为生活正常的一部分，而不仅是打发无聊时光的一部分，就像一个人打电子游戏，那是生活的一部分，而不仅是在打发时间。她也不需要同情，她只需要我每次都充满好奇地问："奶奶，今天门口经过多少人啊？比昨天多还是少啊？"这样，她会继续连续地数下去吧……

而快乐，也会因此延续吧……

（提醒：对高危老人有兴趣做的事情，无论是什么，我们都要赞赏她，鼓励她，那是她自知的为生活多一些快乐而做的努力，那是她不自知的生命力的延续……）

第四章

背台词的"眼睛奶奶"（上）

奶奶，这是几?

高危老人的生活，也许我们并不了解，但是，那是我们每个人的未来……那么一个不起眼的老人，在你路过时紧紧盯着你，你和他说话，他有点紧张，但你摸摸他的手，他就对你笑了。就是这样的老人，他们在生命最后几年究竟在想什么，又需要什么呢？

比如，我的"眼睛奶奶"。

之所以注意"眼睛奶奶"，是因为在天气好的时候，她总会坐在医院大厅门口。这位近九十岁的老人有个特点：只要有志愿者和她说话，她立刻像"背台词似的"先抢说一大堆，诸如"现在是好社会，你们一定要好好学习"等等。

开始我觉得挺有意思，后来才知道，她坐在那里，每天盼着有人和她说话，但她怕，怕人知道她眼神听力都不好，怕人立刻就走，于是事先准备一大段话。只要是学生来，无论中学生大学生，这些话都能适用，说的时候再抓住对方的手。

很多时候，当有人和她说话时，她会本能地向前探身子，试图看清对方脸部的——轮廓（长相是根本看不清的），说了几分钟，一旦发现对方感觉到她耳朵背了，她又会很热情地说："你先忙别人那吧，先忙别人吧。"而人家真的走了，她的表情就会落寞下来……

她的头脑非常清楚，但是一直为视力和听力的退化而痛苦。在和我成为朋友后，很多次她对我说："谁愿意和我说话啊，我又聋又瞎，谁会搭理咱啊！"为了消除她这个想法，很长的一段时间里我一和她说话，总要伸出两个手指在她眼前晃，对她喊着："这是几？"（我知道她这样还是能分辨的）

"二。"

"能看见！可以看见的！"我再把手放远，再说"能看见！"

她摇摇头："这还看不见啊？关键是人的面貌看不见。"

我就再趴在她耳边说："您也能听见、能听见。"

她就说："奇怪了，你说话我就能听见。"

"那还是您的耳朵好使。"我笑着说。

说实话，我的话她也不是都能听清。有一次我大声说着：

"您这不是听见了吗？"

她的回答就是："你说什么，我听不见。"

还有一次，她说她过去曾从一个地方摔下去了，差点就没命了，我琢磨她的发音，问她："您说的是城墙吗？"

"是。"她点着头。

后来我和她说起从城墙掉下的事，她一愣："什么城墙？从那么高掉下来不就摔死了吗？"

"那是掉——'河'里了？"

"对。"

几天后她又否认了"掉河"的说法，以至于我始终都不知道她究竟是从何处掉下的，又掉到什么地方去了。

不管怎样，每次看见她，我还是告诉她能听见、能看见，这对解开她的心结也许没有实质的作用，但至少是个心理安慰。她能看见我的手，能听见我的声音，就是某种心理"底线"。一旦这个底线被突破，对她的打击将是致命的。

主动寻找痛苦

"眼睛奶奶"有一个缺点（也是许多奶奶的共性）：总在找

自己不如别人的地方，进而让自己始终在痛苦中。

为了让她高兴，我经常给她讲"欢乐奶奶"（以后详述）的故事，讲"欢乐奶奶"的乐观与积极，希望能给她起到"榜样"作用，比如我和她说："奶奶，你看，那个奶奶和你差不多大，但人家就活得乐观，活得高兴。"

"她眼睛好，我眼睛快看不见了。"

"奶奶，她也看不见。"

"噢，也看不见，那她耳朵能听见啊，我还耳背。"

"奶奶她也耳背，也得喊着说话。"

"噢……她有儿子吗？"

"她有两个儿子。"

"我说是啊，她有两个儿子呢，我只有一个。"

"奶奶，但她还不能走路呢，你还能走路呢。"

"走路有啥用啊，啥也看不见，而且她有两个儿子呢。"

我几乎无法理解奶奶为什么是这样的性格，她几乎是在想尽办法让自己不高兴，这一点让我非常头疼。后来我想，她似乎在某种程度上需要这种痛苦，痛苦让她每天都在动脑，她不至于完全无所事事。对于一个头脑清楚但看不清、听不清、记忆不好的老人来说，无所事事是致命的，而"烦恼"有某种持续性，可以在长时间内思考……对此，我真不知道该为她难过，还是为她庆幸……不管怎样，当想明白这点后，我要求自己以平和心态对待——她对痛苦的"执拗"。否则，我也将被这种痛苦折磨死了，真若那样，还怎么去安慰她呢？

听力骗局

后来，我反复地跟她说这样一句话："二楼三楼的奶奶都没有你年龄大，都看不见听不见，只能在床上干躺着。"

说了六七次后，某一天，她突然长长吁了一口气，然后问我："像你说的那些人有多少啊。"

"有两三百呢！都听不见看不见"（实际也就十几人吧）

她嘟囔了一句："噢，那么多呢，都看不见啊！"接下来，她的语气就轻松些了。

一段时间内这话非常有效果，我们一见面，主要就说那二三百个和她一样甚至还不如她的人，她的心情就渐渐好些了。

只是有一次，我仍然对她说着这样的话，还强调着："大夫说了，九十岁的老人大都看不见。"这时，我的斜前方突然传出一声大喊："你说的不对！"我一惊，寻声望去，一个坐在轮椅上的老爷爷正挥着胳膊对我喊："不对，我九十三了，能看见！"

他的声音很大，把我吓坏了，这要是让奶奶听见，我这半个多月的努力就白费了，我赶紧冲他摇手，但他仍然大喊大叫着，我转头再看奶奶，奶奶一点反应也没有，低着头，表情平静，嘟囔着："那么多人都看不见啊！"

很明显的，她确实听不见。

我庆幸于她的听不见，不过……这又是怎样的一种庆幸啊。

之后几天，她又为眼睛的事情特别难过。原来，一个大夫对她很好，打饭时嘱咐食堂人员给她多加些菜，那几天她反复地说着："人家对我好，我都不知道人家的面貌，我想知道她长什么样啊。"

在几天后，她又告诉我，那位大夫每次路过她身边，都和她打招呼，打招呼的方式也很特别：在她面前跺脚，用力跺三下，她就知道是大夫来了。

说到这个细节时，她笑了。

有一段时间，我以为她已经从痛苦中走出来了，但是后来她总和我说：活着没意思了，是个废人了。对此我并没有太在意，因为许多老人都说过类似的话，更多的是一种情绪的宣泄。直到后来，我发现她好几天都在走廊里坐着，不再去大厅，也不去院子晒太阳。我就问她："奶奶，你为什么不去晒太阳啊？"

她没有一点犹豫的，直接说出下面的话：

"不晒了，晒太阳对身体有好处，但我不想活那么久，不晒了。"

我惊呆了。

我们沉默着，我只能紧紧握着她的手……我的手心在冒汗。

看着她低着头不吱声，我的鼻子有点发酸，想着她就坐在这里，想让自己身体彻底垮下去，而且已经付诸行动……

奶奶啊……

之后的一个月内，我每隔两三天就去看她，陪她说话，我想在连续的时间里让她心里亮堂点，离开她的时候也说好下次来的时间，给她一个盼望。依照以往的经验，爷爷奶奶们只要早晨起来有个盼头，每天就能高兴一些。

每次在病房里见到她，我就坐在她身边，拍她的手，喊一声："我来了！"

"来了！"她语气上扬，但不转头，眼睛看着前方，紧紧握着我的手，然后和我说着不高兴的事情。我听着，不停拍她的手，就这样一天天说着，我并没有看到太大起色，但我不能放弃，越是作用有限，越得把这个有限的作用坚持下去。

那些日子里，一走进医院大门，我就希望她突然又坐在大厅门口了，坐在那里，表情严肃，但一有人握住她的手，她就那么喜笑颜开的，立刻说出准备好的话，那一幕，还会再出现吗？

（提醒：针对老人的某种身体痛苦，编造一些虚拟的人，这些人，或者与她年龄相仿但比她更痛苦，或者同样痛苦但年龄比她小，让她觉得自己还是幸运的，这个方法，很有效。）

对孩子有意见

眼睛的烦恼还没有消除，奶奶又对自己的儿子有了意见。她认为儿子不该把她送到老年医院来，她愿意自己在家呆着。

在我看来，对孩子的成见是天大的一件事，如果对亲人有怨气，她心中将永远没有欢乐，我开始进行劝导。

"奶奶，您的儿子对您真的很好，很孝顺。"

"孝顺？不，不孝顺，孝顺怎么不让我在家呆着。"

"你想想，他都退休了，还要出去给人做兼职，家里就剩你自己，你不怕出事啊？"

"找个保姆不就行了，也不用干什么，就给我做点饭。"

"但你万一生病了，还一次次往医院送啊，这样折腾也得把你折腾坏了。"

"哼！"

"而且，你想想，他要想图省事，每月花七八百元雇个保姆就行了，但他宁肯花一两千元把你送到正规的老年医院，你能说他不孝顺吗？"

"……"

"而且，你再想想，他也是六十多岁的人了，也要人照顾，而且，您也说他腿脚不好，但他也一次次看您，来一趟光在路上就一两个小时，多不容易啊。"

"我不用这么费心，在家就行，我不给孩子添麻烦。"

"对呀，而且那次他听护士说你爱吃包子，就打车给你送来一饭盒包子，你还说光车钱就是包子的十几倍了，你心里还是很感动的，对吧？"

"他，他也不容易……"

嘿嘿，只要奶奶说出这句话就好了！理解万岁！

（提醒：作为子女，请为高危老人至少做一件让他特别特别感动的事情，这样她就不会在心灵脆弱时再去怀疑亲情。）

劝导接力

知道眼睛奶奶心情不好，许多志愿者加入到劝导的行列中。

那天，我走进奶奶的病房，发现志愿者刘楠也在屋内，我跟刘楠打了一个招呼，然后对她小声说："奶奶最近不太高兴，总说活着没意思，总想着自杀什么的，我劝她两天了，效果不明显。"刘楠点点头："我也看出她心情不好。"说这话时，刘楠的姿势很有趣，她斜靠在床上，半个身子倚在奶奶的腿上，像一个撒娇的小孙女。

我出去了，这时候看见志愿者王刚正坐在走廊的沙发上，我出来后，他笑着对我说："怎么样，没抢上吧。"他的意思是说我来晚了，只好让刘楠先和奶奶聊了，而他，是坐在这里充当候补的，一会儿再进去。

这一刻，我心里觉得很温暖，眼睛奶奶并不知道有一个志愿者小组，几乎以一种接力的方式在帮她解决心结啊！

我到其他老人那里转了几圈，又回到眼睛奶奶这里，刘楠还是半倚在奶奶腿上，但让我惊讶的是，刘楠居然……哭了，我进去时她正抹着眼泪，看见我，不好意思地转过头去，而此时眼睛奶奶说的正是"不想活"之类的话，我知道刘楠听着这些话难过，为奶奶心疼。

我走了，把这个安静的屋子让给她们两人，也许刘楠并不能做什么，但在这一段时间里，眼睛奶奶最起码是和"亲人"在一起，在向"亲人"倾述……

几天之后，医院在大厅里举办一个游戏：把许多老人聚在一处，围成一个圈，让大家传球。眼睛奶奶也被拉来加入这个游戏，很快，她表现出了对这个游戏的喜爱，她玩得很起劲，还和我说：觉得身体有劲了，晚上睡觉也好了，吃饭也多了，挺高兴的。

奶奶的确变了，那个传球让她有了活力，但我觉得最重要的原因是她在一个"集体"里，而且她很——重要，没有她，球就传不下去了。

在旁人看来这不是重要的事情，但她已经九十多了，是老小孩了，对一个孩子来说，很重要。

十几天后，让我激动的一幕出现了：

她竟然又去门口晒太阳了！

她安详地坐在门口的椅子上，还时不时地摸着门口的大桌子一步步走。那个可怕的自虐想法似乎消失了。我的劝导，那么多志愿者的关爱，以及她在集体里活力的恢复，似乎起了作用了！

说来有趣，一次她坐在那里传球，我在她旁边和她说话，她突然冒出了一句："你先忙去吧，我就不耽误你时间了。"

我心想：哪是她耽误我时间，是她觉得我耽误她传球啊。

我就站在一旁看着她，她很认真地接球，然后用力地递给旁边的奶奶，其实轻轻一递就可以，但她非常使劲，因为她有劲，有劲……

看着她，我忍不住笑了。不过，我也知道，她的视力肯定还会下降的，也许某一天她会连球都看不清，那时候她会更难过，于是，我就在心里小声对她说着：

奶奶，无论怎样，别怕，还有我呢……

两个月后，奶奶真的什么都看不见了，我则开始了她生命中最后一年的劝导与陪伴……

她们知道我来过

中国首部高危老人深度关怀笔记

第五章

背台词的"眼睛奶奶"（下）

猜字

"眼睛奶奶"半躺在床上，后面靠着叠着的被子，闭目养神……

我蹑手蹑脚走过去，坐在她旁边，把手放在她手心里。她的手一动，随即一把握住我的手，然后向手腕摸着，她很快就知道这是一个人的右手，而她习惯从左手判断一个人是谁，她又摸着，抓住我的左手，向胳膊里摸着，嘴里喃喃说着："谁呀？这是谁呀？……是小张吗？"

"是！"我在她耳边大喊了一声，她笑了："是小张啊！"

奶奶已经完全失明了，但她可以根据"摸胳膊"来判断来的志愿者是谁。胳膊有点粗的是刘宇，细一点的是我或者王刚，然后再用鼻子闻，有烟味的是王刚，没有烟味的是我。

我们聊着天，过了一会儿奶奶问我：

"对了，你吃橘子吗？"

"奶奶，我不吃。"

"吃点吧，我都给你留着了，天热都坏了，哎，都坏了吧。"

"奶奶，我真的不吃，我们来猜字吧。"

"好，猜字。"

猜字是我的发明，是我的灵光一闪。奶奶虽然看不见，但没关系啊，我把奶奶的手掌摊开，在上面写字，让奶奶猜，开始奶奶并没有多大热情，但猜对两个后（当然是极简单的，比如我特意降低难度的"丁"、"王"），她来了兴致，主动把右手改为左手，并且把手一横，正对着我，让我在上面写。

这次是我第二次和她猜字，她的表情已经有点兴奋了⋯⋯

这一次我写了五个字，奶奶猜中两个，当然，其中一个是猜错了，但我为了鼓励她，就说她猜对了。每当"猜对"的时候，她就会把身子往前探一探，脸上是一种要领什么奖品的表情。后来我让奶奶在我手上写字，那一刻，奶奶成为考官，非常正式认真，一笔一划地写着。我当然可以"看见"她写的字，反正奶奶不知道我看见了，我眉头一皱，索性说个错的。

"不对，不对。"她着急地一把抓住我的手，在上面又快速地写了一遍，那一刻我不是在猜字，而是在猜：我是猜对了她更高兴，还是猜错了她更高兴呢。我估计，应该是猜对了她更高兴……我猜了一个正确的，果然，她很高兴，还有点不服似的一把抓住我的手，又快速写了一个，然后脖子一歪，耳朵对着我，表情"紧张"地听我的答案……

嘿嘿，奶奶还玩得挺高兴呢！

我突然很为自己骄傲，能发明一个九十岁失明老人爱玩的游戏，多有成就感啊！

在我要走时，奶奶同样说了这样一句话："我的记性也不好了。"

"不，奶奶，你的脑子好呢！"

"我别的不怕，就怕把你们（志愿者）的名字忘了，你都不知道啊……我一天要念你们名字十几遍啊，小张、王刚、刘宇……刚才我又念了一遍……你们对我这么好，我就想怎么也不要忘了你们的名字。"

一个九十岁的老人，每天给自己安排任务似的记住一些人的名字，一天念十几遍，这成为她每天最重要的事情……就等着那一天，她一摸，就能叫出这些人的名字。

我的好奶奶啊。

把奶奶"吓"出屋

"眼睛奶奶"出屋了！

在因为失明拒绝出屋十余天后，她出屋了！

我走进她的病房，握住她的手，她向上一摸，认出是我，而她告诉我的第一件事就是："我今天上午出去走了。"

我以为她在骗我，因为以往每次想带她出门，她就说："今天走了，走了，今天已经走了。"……但话语及语气显得越发无力，声音也越来越小，而护工证明她并没有走。

但这次，她有点喜笑颜开的，而护工也证明了她没有说谎。

哈哈，我相信是我的"恐吓"起了作用。

有几天，她执意在屋内干躺着："不想走了，也看不见了，干嘛还出去走？"后来，她问了我一句："楼上的齐奶奶怎么样了？"

"噢，她有点糊涂了，都不能说话了。"我实话实说。

"为什么啊？"

听着这话，我心一动，"计上心来"，我故作平静地说："她从前还能走，后来就不下楼了，渐渐的就只能坐轮椅了，开始时坐轮椅还下楼，现在也不下楼、也不认识新的人，也不说话，也不晒太阳，脑子慢慢就僵住了，就傻了。"

"是吗？不出门就傻了？"

"是啊，她成天到晚在床上躺着，才两三个月吧，就不能说话了，也不认识人了。"

我加重着"不出门"的可怕后果。

"噢，不出门就傻了，傻了。"奶奶自言自语着，然后她突然说了一句："我以前总走动总干活，腿脚也好。"

"是啊，奶奶你之所以能走，这么大年纪还能走，就是因为总走总运动；那要是不走了、不运动了，不就不行了吗？哎！齐奶奶多可怜啊，那么好的人，连自己是谁都不知道了，其实啊，出门看见不同的人，也是动脑啊。"

"我看不见。"奶奶接了一句。

"噢，不，不仅看见，就是……（我太后悔说了一句'看见'不同的人）呼吸新鲜空气，摸摸不同的东西，也是动脑啊。"

我们的话说到这里就结束了，我并不知道会不会有效果，我还准备再"恐吓"两次，但今天"眼睛奶奶"竟然真的出门了！而且奶奶还说："我听你的话，每天出门晒一次，走一次。"

"真听我的话？"

"真听话。"

"耶！"

（提醒：有的时候，适当的"恐吓"会有意想不到的好效果！）

"人怎么这么能活呢……"

因为失明，"眼睛奶奶"的厌世情绪也加重了。

我那天去看她时，她斜靠在被子上，闭目养神，手里捏着一个痒痒挠，我过去握了一下她的手，她立刻醒了，然后，握住了我的手。

还没等我说什么，她已经说开了："你说人怎么这么能活呢？都九十了还不死，在农村不会活这么长，我就是到城里来了，哎！不应该啊，人活八十正好，我现在就想着快点死。"

"奶奶，干吗又想死了呀。"

"活这么大没意思，给孩子添麻烦，也看不见听不见的，没意思，我总想着有什么办法能立刻死，但又怕死不了，万一还残了，岂不更遭罪？"

她说这些的时候非常"自然"，我听了已经不那么心惊了，但还是阵阵心酸。

"我就想着，最快的就是一刀扎在这（她用手捂着心脏部位），但又怕扎不死。"

"奶奶，肯定扎不死，然后你还得残废，更难受。"我能做的只能是重复她不死的理由。

"是啊，我也是这么想的。"

"奶奶，你要是这么自杀死了，你的孩子得被人骂死，而他得多痛苦呀，他一辈子在人前抬不起头来，多可怜啊，他得被骂死啊！"

"哎，是啊，也有个名誉问题，哎，人为什么这么能活呢？哎，我要是能看见也行啊，这也看不见，听不见……"

"奶奶，在楼上有个奶奶，九十二了，她也看不见，你猜她说什么？"

"说什么？"

"既然老天让我活着，我就活一天高兴一天。"

"呀，她的心怎么这么大呢？"

"是啊，她比你还大一岁呢，但人家想得多开啊，你看人家说得多好啊，既然老天让我活着，那就活一天高兴一天。"

"她也看不见？"

"也看不见！"

"那她天天坐那儿干啥呢？"

"没什么事，偶尔有人陪她聊聊天。"

"我……做不到她那样……"

"奶奶，你得承认一点，和她相比，你的思想落后了。"

当我说"落后"两个字时，奶奶突然笑了，而我一下意识到虽然不能解决奶奶的痛苦，但我可以做到把这个问题"轻松化"，甚至调侃一点，让它不那么严肃，也减少一下奶奶的心理压力。

于是，我又说："奶奶你自己说，和她相比，你是不是一个落后分子？"

"是，是落后分子，哎，要是能看见也行啊……"

"奶奶，咱不能总当落后分子，也得向人家学习，对吧。"

奶奶叹了一口气，并没有再说什么，我们对这个话题的交谈就此打住了，但我离开奶奶时，心情还是不好受。我也知道我面临一场迟早要发生的挑战，直面一个看不见听不清也没有什么清晰回忆的老人——驱之不去的巨大的厌世情绪……

我能成功吗？

将奶奶骗向三楼

那天，我扶着奶奶在走廊走，忽然，我产生一个想法，如果把她领到这个医院最乐观的"欢乐奶奶"那里，让"欢乐奶奶"劝她几句，或者仅仅是以"欢乐奶奶"的笑声感染她，会不会很好……

当然，最重要的是如何把她骗到"欢乐奶奶"屋里。

我开始领着她往回走，奶奶说："噢，回家啊。"

我扶着她一直往前走，已经走过她房间四五米了，她问："快到了吧？"

"没有，奶奶才走了三分之二。"

"噢。"

我一直把她领到一楼尽头的电梯前，电梯打开，我领她进去，她用挂棍敲了敲电梯门口，往里走时感觉电梯门口有点不平，我赶紧对她说："奶奶，我们到家了，您慢点走。"

"噢，到家了。"她往里踏了一步，进去后用一只手向外面划着。

"怎么了，奶奶。"

"我找门框，门框呢？"

"奶奶，您先别动，先喘口气，我扶着您点儿。"

我把电梯门关上，摁了一下三楼的键子，电梯开始爬升，让我放心的是，电梯升得很平稳，没有抖动，奶奶也没说什么，到了三楼，门一开，我对奶奶说："奶奶我们往外走。"

"什么往外走，为什么往外走？"

我急中生智："噢，奶奶，对不起，我刚才看错了，咱们走错门了，咱们得走回去。"

"错了。"她笑了。

我把她扶出电梯，向"欢乐奶奶"病房挺进！

"眼睛奶奶"与"欢乐奶奶"的见面

我终于把"眼睛奶奶"扶进"欢乐奶奶"的病房。

病房里阳光充足，"欢乐奶奶"正被三四个同学围着，大家谈笑风生。我把"眼睛奶奶"扶到"欢乐奶奶"对面的床上。由于这个床没有护栏，奶奶就起了疑心："这、这是我的床吗？"

见此情景我只好说实话："奶奶，我把你领到另一个病房了。"

"另一个，为什么呀？"

"以前我不是说有一个和你一样大的奶奶，她特别乐观吗？她想见你，和你说说话，她不能走路，我就把你扶过来，我们和她聊聊天好吗？"

"她想见我吗？"

"她想见你，她希望你们能做好朋友，你等等，我去告诉她。"

"啊……那谢谢了。"

我走向"欢乐奶奶",在她耳边说着:"奶奶,这就是我和你说的心情不好的奶奶,她被我领来了,你劝劝她呀。"

"好,我和她说说,说不好没事吧?"

听着我们的交谈,同学们就起身告辞了,我有点不好意思,因为毕竟和同学们在一起时,"欢乐奶奶"是最高兴的。

我把"眼睛奶奶"扶过来,坐在"欢乐奶奶"旁边的椅子上。"欢乐奶奶"转头对着"眼睛奶奶"说着:"你好吗?"

"眼睛奶奶"耳背,听不清,没有反应。"欢乐奶奶"明白了,她喊着说:"你好啊。"

"我好,你也好啊。"

"欢乐奶奶"直入主题,她的下一句就是:"我们老了,每天要过得高兴。"

"是,高兴。"

"我们不要想不高兴的事,要自己找高兴,不要自己找不高兴。"

对这一句稍显复杂的话,"眼睛奶奶"明显是听得不大顺畅,我就坐在两个奶奶后面的床上,把头放在两个老人头的中间,做着"翻译"。

"眼睛奶奶"点着头:"你说得对,我向你学习。"

"欢乐奶奶"又说了些在我看来都是大道理的话,我有点怀疑这些话的效果,但让我惊讶的是,"眼睛奶奶"的反应非常强烈,她说出了下面这句话:"我也要高兴,不能总想着不高兴的事。"她说这话时语气明显很真诚，没有应付之嫌。

我心想，我把嘴皮子磨破了也没磨出奶奶这句话，"欢乐奶奶"那几句大道理就有这么大的作用，还是那句话："榜样的力量是无穷的！"

"你今年多大了？"欢乐奶奶喊着。

"我九十。"

"我也九十。"

两人似乎都有些兴奋，而此时我才注意到两个奶奶不知什么时候握手了，两只手紧紧握着，而说到年龄一样大时，两只紧握的手还用力上下摇着。

接下来两人又比了一下月份，一个是七月，一个是八月。

"你是姐姐，我是妹妹。""眼睛奶奶"大声说。

"那你得听姐姐的话，天天高兴。""欢乐奶奶"大声说。

"妹妹一定听姐姐的话，天天高兴。"

看着这两个九十岁的老人，"姐姐""妹妹"地叫着，并且互相嘱咐着，我心里觉得真暖……

这之后的一段时间内，奶奶的心情好多了，也不再谈自杀的事情了，而我也经常和她聊聊"欢乐奶奶"的事情，强化她的积极态度。

当然，虽然我很为奶奶高兴，但我知道这一次会面不能解决她的问题，也许我下次见她时她还会说同样的话，并且为同样的事情闹心，甚至还会想自杀。我甚至觉得这是一个不能打开的结，我最多只能让这个结在某些时刻不那么紧。仿佛一把刀架在一个人的脖子上，已经沁出了血丝，我只能让这个刀不再往下切，但血还在往外慢慢渗着……

这么想我不是悲观，相反我很乐观，因为即使面对更坏的情况，我也不会放弃。我无法从"眼睛奶奶"那里获得劝慰成功的快感，这是一次没有快乐的进程，路上以及路的终点都没有快乐。我能有的只是低头扶着她走，能扶多远是多远，就像以往，她一路上叹着气，我一路上不停地说着话，某一天，她不说了，离开了这个世界，我也不说了，回归我的生活。

就是这样，就是这样。

也许有人会问，最后你得到了什么呢？反正不是快乐不是幸福，也许它什么都不是，但它在那儿，属于我，告诉我：你在做你该做的事情……

（提醒：在劝慰高龄老人方面，有时，另一个老人的一句话比我们的一百句话都有用，给他们找个好"榜样"做朋友吧。）

"到我家去住吧"

"眼睛奶奶"屋内一共有三个老人，都快九十岁了。这天，一个老人要搬回家去了，对这个奶奶，我一直有点怕，我称之

"严肃奶奶"。之所以这么叫她，是因为她的表情总是很严肃，有一次还对我进行了严厉批评。

那次，我和"眼睛奶奶"聊天，护理员出去打饭，"严肃奶奶"在那边喊了几声，我没想到她居然是在叫我！后来我一转头，她正面带怒色指着我喊：

"你为什么不让奶奶吃饭？"

我不知她在说什么，而她同样的话喊了两次后，我明白了，虽然饭还没有端上来，但已经是饭点了，我还不走，就是干扰"眼睛奶奶"吃饭了。

那一刻我有本能的生气，不过，转念一想我又有点感动，她是在为"眼睛奶奶"着想啊。而这是怎样一个情景啊，两个如此老的老人，她们都不能走出这个屋子，大部分时间都在床上躺着，而她们的耳朵都很背，都听不太清楚对方在说什么（包括此时"眼睛奶奶"对她喊的话没什么反应），但她们互相关心着。

我想起"眼睛奶奶"和我提起过："我看不见，吃饭的时候去够饭盒，我屋那个老太太就说：'我给你拿，你慢点，慢点……'她还告诉我每次吃的是什么菜……"

这天，"严肃奶奶"要出院回家了，之前她的女儿扶她到轮椅上，到院子里转了一圈，半小时后，她回来了，回来后她坐在床尾，"眼睛奶奶"则坐在相邻的床的床头。

两个奶奶彼此有近一米的距离，但都低着头，没说话。

突然，"眼睛奶奶"一低头抹上了眼泪，说："真的要走了？""严肃奶奶"则一下站了起来，对"眼睛奶奶"说："我要走了。"然后，突然拔高音调说着："我要走了，我要走了，我舍不得你啊！"

这话语、这音调让我一愣，而"眼睛奶奶"哭得更凶了……

"我舍不得你！""严肃奶奶"大声说着，声音大得连走廊都能听到，"你和我走吧，我带你走，我有三间大屋子，够我们住的。"她又转头对她的女儿喊着："我有三间大屋子，就算把两间卖了，也够我们住的，是吧。"

"眼睛奶奶"也不抬头，只是一个劲地哭、抹眼泪，旁边，则是"严肃奶奶"的大喊……

我坐在旁边，看着这一切，鼻子一阵阵发酸，这是一个九十多岁的老人对另一个九十多岁老人的告别，她们在一起住了半年，有了很深的感情，而这一别，真的就是永别啊……

而我的"眼睛奶奶"，甚至不知道对方长什么样，她告别的，是一个完全由声音和各种关心的话语组成的一个人，而这，对她来说，就是生命最后阶段最好的伙伴。

"严肃奶奶"离开几个月后，"眼睛奶奶"离开了这个世界……

第六章

高危老人的生命发现（一）

虚幻人群

有时，在家里，静下心来，想着那些脑萎缩或者老年痴呆的高危老人，会有很特别的感觉。

在医院里，他（她）们是不知道真实世界的人，我生活在他（她）们中间，按他（她）们的方式思考，一切都那么自然而又正常。但是，现在我在医院之外，突然觉得很奇妙：全中国有一两千万80岁以上的老人啊，他（她）们中的许多人生活在他们臆想的年代里，或者是文化大革命时期，或者是二三十年代，或者是八九十年代……

一个庞大的群体在"虚幻"的意识里——生活在我们身边……

我有点不知道自己要说什么了，我只是被这一事实震撼着！

想一想大街上的人群，大部分人我们是可以了解的，包括他（她）们大概的想法、基本的情绪以及对这个世界的看法……但是，同样在我们身边，还有无数脑萎缩老年痴呆老人，我们其实一点也不了解他（她）们……他（她）们的目光、他（她）们的情绪、他（她）们的欢笑、他（她）们内心闪过的微妙的东西，所有这一切都是——谜。

意识到这一点时，我、你、我们会不会有一种冲动，想做点什么，哪怕不是为了帮助他（她）们更好生活，而仅仅是为了了解他（她）们，懂得他（她）们……

迷雾

这些老人究竟需要什么？

我们究竟能帮助他（她）们什么？

有时，我觉得对他（她）们的帮助总有一个极限，仿佛登一座山，云遮雾罩中，我们到达体力的极限，实在无法攀登，一抬头，还有一大段山路在云雾中若隐若现。

真的会有这种感觉，和他（她）们接触越久，越觉得他（她）们有一大片谜一样的东西，参不透。我大概明白他（她）

们一些行为的原因，以及做那些事时他（她）们在想什么。但我无法明白他（她）们为什么偏偏在今天出现了这些举动，想到了这些东西、出现了这些幻觉、认准了这个死理，为什么昨天不是这样，而后天也不会是这样，仿佛有什么在主宰他（她）们，而这种主宰又几乎是随意的……

也许那个主宰并不神秘，也许只是生老病死的自然规律，但那个规律又是什么呢？

好在，自然规律有其可爱的一面，比如，爷爷奶奶在为一件虚幻的事情痛苦，让你觉得根本就解决不了，但两天以后，他（她）们就把这件事情忘记了，忘得一干二净，好象什么也没发生过。这一刻，你真的觉得"自然规律"也有着"志愿服务"的关怀意味，这种感觉——妙不可言。

本质快乐

在与他（她）们有关的规律中，有一点很让人欣慰：

她们很容易对一个人产生好感。

你只要握握她们的手，摸摸她们的头发，说上几句话，她们就会对你有亲切感，就会有点喜欢你了。实际上，他（她）们不能看报纸，不能听广播，也不能看电视，平时也少有人与之交流，他（她）们对外界的感觉几乎是空白，而内心对"感知外界"的渴望却在一天天加大，不要说有人和他（她）们打招呼，以及对他（她）们微笑，即使有人从他（她）们身边经过，他

（她）们也会有点兴奋。

我曾无数次看到这样的情景，他（她）们躺在床上，这时有人从他（她）们的病房经过，仅仅是一个人影一晃，他（她）们就立刻从床上坐起来，然后朝门口看。其实，按正常思维来说，这人是不会再走回来了，但他（她）们或者相信那个人还会回来，或者相信还会有另一个人走过，就始终盯着门口看……

因此，当有人对他（她）们打招呼与他（她）们说话，他（她）们的兴奋可想而知，而一旦有人和他（她）们说了几次话，他（她）们就非常幸福了。

对他（她）们来说，他（她）们体会着一个人最基本最本质的快乐：有另一个人存在，并且对他（她）们表示友好。

这种快乐，施之容易，得之也易，这，也是岁月对高危老人的垂爱吧。

安乐死？

他（她）们老了，太老了，许多清醒的高龄老人都跟我说过，希望早点离开这个世界。

说的方式也差不多，比如："人为什么要活这么久啊！""我死了，孩子们就不那么辛苦了。""人活太长不好，八十岁就可以了。""我希望能够早点走。""走得早就不用像对面病人那样，一动不动躺在床上打鼻饲、多痛苦！"等等。

这些老人对死亡的期待近乎由衷，他（她）们目光中甚至有一点"向往"，对此，我开始很惊讶，后来我就平静了，这是他（她）们真实的想法，但每一天他（她）们仍然安静地度过，不会真的自杀，这是他（她）们真实的生活。

而这也就触及到一个无法回避的问题——安乐死。

许多清醒的高龄老人都和我提到这个词。

我当然是反对安乐死的，看着这些高龄老人，你会真切感受到人是"社会动物"，即你没有权利选择自己的死亡，既然一个人无法选择自己的出生，也许真的无法选择死亡，你选择了安乐死，你的孩子们就要在内心中承受挥之不去的自责，一种与理性无关因此无法缓解的自责，同时还要承受别人的指责……

安乐死，对老人来说也许意味着安乐，但对孩子来说意味着心灵灾难。也许你会说这是老人自己的事情，本来就由老人自己决定，与儿女无关。是的，这是老人自己的事情，但决定要由儿女做出，你不能指望社会去听从一个九十多岁、脑子还有点迟钝、一身疾病的老人所作出的决定。

他（她）们没有权利决定什么，即便是自己的事，你可以说这是老人的无奈以及残酷，但这也是社会对老人的保护，取消其某些自然权利，以保护更多社会权利；取消其某些精神权利，以保护其某些身体权利……

另外，即使子女内心再开明、再坚强，他（她）们也无法说出那句话："安乐死吧。"

这句话像一把刀落下，刀下是养育了自己几十年而现在像婴儿一样柔弱的父母。

宝贝

这些高龄老人，是世上的宝贝。

之所以这么说，是因为他（她）们就是我们自己，他（她）们就是在替我们生活，让我们看到活生生的自己的未来。如果我们能够找到让他（她）们幸福的方法，以后，就有人以这些方法让我们获得幸福。

另外，如果把整个社会看作一个大家庭，那么出生不久的婴儿是宝贝，我们是成人，这些老人就是另一些宝贝，他（她）们在极度的苍老以及无助中看着我们，我们的内心为之柔软，信念却为之坚定：相信能为他（她）们做的事情，没有止境，永无止境。

第七章

"电话奶奶"和"百岁奶奶"

不拨号的电话

以下是一个很奇怪的场景，但我已经看过四次了。

一个奶奶手里拿着一个电话本，平静地向前走，走到医院前台的电话机前，站定，准备打电话。这时，一个护士蹑手蹑脚走到她身后，站定。

奶奶拿起电话，也不拨号，对电话大声说起来："闺女，我是你妈，你快来看我啊。"

"好，我现在在外面出差呢！过几天就去看你！"这样的声音在大厅响起，它来自奶奶身后的护士。

"那你一定得来看我啊。"

"放心吧，我肯定来。"护士在后面继续大喊。

"那我就挂电话了。"

"挂吧。"护士喊完这句，迅速离开。

奶奶放下电话，表情仍然很平静，她缓步往回走，一边走一边对旁边的人说："我浑身疼，过几天我闺女来看我，来看我。"而护士也平静地做着其他事情，一切如此平常。

这是脑萎缩老人的一个特异举动，这是护士帮助这个老人完成的一个情感心愿，尽管这种欺骗在别人看来那么明目张胆，反正，奶奶的表情平静而满足。

这个奶奶，我称之为"电话奶奶"。

"电话奶奶"虽然快九十了，但是腿脚还挺好，自己能走，偶尔拄根拐杖，她常做的一件事就是走到医生办公室，向医生要药吃，要治胃疼的药。

不过，她并没有病，只是总觉得自己胃不好，就去要药。但是药可不是随便吃的，于是医生和心理医生就给她吃——奶片，或者钙片。实际上，她的孩子来医院的时候就准备了一个瓶子，里面放着一些奶片，告诉医生：如果她要药，就把这个给她。

不过，奶片钙片一旦吃光了，而她的孩子还没有来，就有点麻烦。于是，我有时听见医生对一个办公室工作人员喊："又没奶片了，你那还有吗？"

"我这也没了，怎么办？"

没办法，医生就告诉"电话奶奶"说，现在全北京市药品紧张，控制得很严，让她先回病房等着，等药来了立刻通知她。

于是，奶奶与我交流中就有了以下对话：

"奶奶，您在这里呆着适应吗？"

"这哪儿都挺好的，就是没有药，这个医院药特别紧张，总让我回去等，回去等，等到什么时候才有啊。"

后来医院向奶奶郑重说明，说她这个病并不重，一天只吃一次药就可以了。我也配合医生做工作，每次如果看见她，我就对她说："奶奶，听说你的胃好多了，一天只吃一片药了？奶奶，药这个东西不能多吃，是药三分毒啊。"

而她又会重复她的话："我身体哪都好，就是胃有点疼，这家医院药少……"

我和她渐渐熟了，聊得也深入一些。有一次，她和我说了这样一番话："年轻的时候，饥一顿饱一顿，冷一顿热一顿，就落下胃病了……"

我知道了，她之所以相信自己有胃病，是因为她尚留的些许记忆中，总出现年轻时的辛苦经历。她生活在过去一段艰苦的岁月中，并把那里与现实进行组装，与其说她是在与胃病进行抗争，不如说仍然是在与记忆中艰苦的岁月进行抗争啊……

（提醒：这个奶奶的孩子多聪明啊！送到医院的时候还附上"骗人"的钙片，说到底，聪明，来自孝心。）

一生只剩下5分钟

"电话奶奶"每天中午不睡觉，挂着拐坐在大厅门口的小过道上，那里有阳光，不太冷。

我下午去得早，一进医院的门就能看见她，就坐在她旁边，和她说会儿话。

其实并不用我说什么，我只要一坐，超过两分钟，她就认定我是来陪她的，她就把想说的话都说出来：关于她读书和教书的经历，关于她孩子的情况。

以上的话奶奶会一古脑地说出来，而且咬字咬得很重，字正腔圆，说的时候偶尔会敲一下她手中的拐棍，仿佛在点着标点。

以上的话我已经听了不下二十次了，内容一样，次序一样，语气也一样，偶尔会有不同版本，有时会说"家人不让我念中学，除非考到前五名，我就考了第三名"，有时会说"考到第四名"，我现在也没弄清到底考了第几，但这并不重要，重要的是她会在一大段话里把刚才的骄傲名次重复三四次。

不过，这些话加在一起也就五分钟。

她的一生，只剩下这五分钟，然后反复和别人交流。

是的，对这样年龄的老人来说，他们能最后清晰说出的也许只有几百字，这些内容是他们一生唯一清晰的记忆，是一生的精华，这种精华是任何东西都无法抹去的，包括时光。

（提醒：如果觉得老人"有些唠叨"，或者反复说一些东西，觉得烦，可以这样劝自己：他们的一生只拥有这几百字了。听着，就有耐心了。）

"拽我起来"

在和"电话奶奶"同楼层的一个病房里，住着一位"百岁奶奶"。

她已经干瘦干瘦了，头发则是灰白的，我之所以注意到她，是因为她的儿子们非常孝顺，大家几乎每天晚上轮流看她，给她带好吃的。她对面的"欢乐奶奶"都说："她的儿子真孝顺！"说这话时，那个"真"字是被奶奶大声喊出来的！

在和"欢乐奶奶"聊天时，我总能听见"百岁奶奶"喊着什么，开始我以为她在对护工喊，后来才明白她在对我喊，那几个含糊不清的词好像是："拽我一下，拽我一下。"

我走过去，她看见我走过来，已经在笑了，那笑容里有一种孩子看见亲人时的感觉，有一种对你十足的信任，甚至有点……巴结你的意思。我坐在她床边的椅子上，问她怎么了。当然，第一次问她，她听不见。大声说，她也听不见。大声喊，她才听见。好在她一直在说同一句话，我终于明白了，是："扶我一下，拽我起来。"

说这话时，她的手向前伸着，噢，干瘦的一只手啊！

我抓住这只手，向侧上方拉着，她一点点起来，但她同时在往下坠，原来她自己没有一点起的力量，相反地只能往下沉，于是我加大力量，这时听见她喘着气说着："扶我脑袋，脑袋。"我赶快用另一只手扶住她的脑袋，两手齐用力，把她扶起来了。

她坐在床上了，但刚坐下，就又往下倒，我赶快把她的枕头拽过来，放在她腰的位置，同时抓了一个毛巾被放在枕头上面。

她总算没有立刻倒下，看着她有点晃晃的，我本能地用手扶了一下她的后背。这时我发现，她的后背几乎没有多少肌肉了，都是骨头。我明白了，她让我扶她起来，可能是因为……

果然，我听见她对我说："躺着，硌得慌，硌得慌。"

然后，就是对我艰难地一笑……

她这样坐了几分钟，突然地，几乎没有征兆的就又往下倒，本来她的一只手还拉着床边的那个护杆，但显然她已经抓不住了。我立刻从后面托住她的腰，但我没想到，这腰"下压"的力量如此之大，我一只手根本撑不住，我的手做了一个缓冲，让她慢慢向下倒，再一次平躺在床上。

平躺下来后，她几乎本能地在扭转身子，似乎想让身子侧过来，我猜测她是想让肉多的部位贴着床，这样她能舒服一些。而我没想到的是，她竟然还有另一个目的，她侧过身后开始伸手抓住身边的护杆，抓得很紧，想再一次起来！

在我看来，她这样根本起不来，而我相信她也从来没有成功过！但她还在做这种努力，不知怎的，我一下子想起潮汐一次次向岸上冲，但不可能冲上去……这之前奶奶做了多少次如此徒劳而执着的努力啊！

我不能不管，我伸出手，把手伸到她能碰到的地方。奶奶很聪明，立刻把手放在我手里，已有经验的我一把拉住她的手往起拽，另一只手托住她后腰往起托。很快，她又坐起来了，我又用右手一把托住她的后背，右肘顶住枕头与被子，把她托了起来……噢，奶奶坐住了，而已经坐住的她，似乎还在担心自己会倒，仍努力把身子前探着……

坐稳的奶奶喘着气说："人老了，不中用了，起不来了。"

她坐了十几分钟，我的右手在后面托了十几分钟；确切地说，我的右手在后面托了十几分钟，她就坐了十几分钟，到后来我的右手实在顶不住了，我只好一点点撤下手，让她再次慢慢地平躺下来……

我是"逃兵"？

从那以后，"百岁奶奶"对我非常好。

她并不能总说话，她就是对我微笑。不过，我很快就为难起来，当我与"欢乐奶奶"聊天时，几乎每隔两三分钟她就喊着"拽我起来"，我走过去拽她一下，扶她一下，但是她还是每隔两三分钟就喊一次。我与"欢乐奶奶"已经无法交流，而且她喊的声音特别大，特别尖，走廊也能听得很清楚……我真有点犯难：不去吧，她确实在喊，而且最关键的是她确实有这个需要；去吧，我又确实无法做到每两三分钟就过去一次……这是我两年来第一次遇见如此两难的事情，同时也是第一次面对内心的冲突：

"我是不是做得不好，我不去拉她是不是在偷懒，乃至于我是不是对不起她，我是不是该自责？"

这些想法很自然地出现了，但我也明白，不但是自己，没有什么人能够在一个小时里每隔两三分钟就去拽拽，这对一个人的身体以及精神考验有点大了……

只是，要说服自己并不容易，消除内心的自责也不容易，尤其当你面对着"欢乐奶奶"，背对着"百岁奶奶"，听得见她一声一声的呼喊……好多次我都准备转身了，但我知道开了这个头以后就没有办法了，我可能连这个屋子都不敢进了……我能做到的只能是每次扶她起来十几分钟，至于其他的，我可能做不到，这种做不到肯定不是自私，也不是不负责任，它是什么呢？不知道……

"欢乐奶奶"看出了我的犹豫，她对我说："她（百岁奶奶）总是这样的，不但白天喊，晚上也喊，你不过去，她反倒不这么喊的。"

"欢乐奶奶"的话让我有了一些平静，我忍了几天后，"百岁奶奶"果然喊得少了，我终于开始承认：我，有自己做不来的事情，而承认了，也许就会好受一点吧……

"吃的喝的都不赖"

不过，让我惊讶的是，"百岁奶奶"并不怨恨我，并不因为我没有回应她而不理我，在我扶她时，她仍然像没发生什么事地与我交谈，并且对我微笑。她笑得很纯粹，就像一个奶奶对待疼爱的孙子的感觉。

我们的关系熟起来后，她也和我说了许多心里话，比如："不想活了，不想活了，给孩子们添累。"还说："以往能够伺候孩子，活着还有意义，现在伺候不了孩子，活着干什么？"

她说后面这句话时，我的眼泪都快掉下来了，这就是一个百岁奶奶想的事情啊！

我就想办法安慰她，但一来和她说话她听不清，二来她几乎没有什么高兴的事。在我几近绝望的时候，有一天，护工正喂她吃饭，她的表情有一种……那是什么感觉呢？有一种……很……安详的意味，我心一动。过了一会，我与她喊着聊天时，就喊着问她："奶奶，吃得好吗？"这时她笑了，天哪！她笑了！

她笑着说："吃得不赖，喝得不赖。"

我凭借经验立刻跟进，要把她这种感觉扩大化："您多有福啊！吃的喝的都不赖。"这时她点点头，脸上的笑意在加重："是啊，人图个啥呀，不就是吃点好的喝点好的吗？"

太棒了！奶奶她已经把它上升到"人"的高度，知道这意味着什么吗？意味着她内心有一个稳定持续发挥作用的温暖源了，而我，可以把它扩大，甚至让老人在任何时候都能觉得这一生都过得不错！

我立刻喊着说："多羡慕您呀，也不用自己做什么，就吃现成的，喝现成的，人这一辈子不就图这个吗？"

"是啊，吃得好，喝得好，就高兴，就高兴。"

以后，只要我看她心情不好时，就对她喊这一句："吃的喝的都不赖！"她就立刻笑了，这一点，几乎百试不爽！嘿嘿！

（提醒：请细心去找能让老人高兴的一句话，而这样的话还是对她一生的一种"肯定"，以后的日子可以反复地说，老人不怕重复！）

第八章

高危老人的生命发现（二）

大脑潮汐

高危老人的生活内容很简单：吃饭、睡觉、晒太阳、看热闹，偶尔与人有交流，还有，与同屋病友的友谊或者争执。

对他（她）们来说，思考与回忆即使有，内容也很少，他（她）们几乎没有思考能力，记忆力越来越差，有时想了一下没有想起来，就彻底不想了。如果再想，会涉及到"自己是否糊涂"的疑问，这种疑问对他（她）们的自信心是种折磨。

他（她）们的大脑简单到极致，偶尔会有些分不清年代的记忆——浮上脑海。那一刻，像潮汐上岸，卷上来一些东西。

下一次潮汐，不知何时会来。

于是，想起什么的时候，几乎是他（她）们心灵的节日，有一种新奇感，以及这种新奇带来的慰藉与温暖。

记忆，就是生活

从某种意义说，不是理智与情感在左右脑萎缩老人的生活，而是"记忆"在左右他（她）们的生活，或者说，是记忆引发的情感与理智在左右生活……

记忆中最深刻的东西成为现实生活中每天出现的东西，这些东西比他（她）们的年龄更清晰，他（她）们以某种形式将这些记忆与生活的环境对应，最终构成一幅虚幻的完整的内心世界。就像"苹果奶奶"，她始终记得她老家的院子以及卖苹果的经历，而面对现在的医院环境，她做了以下独特的"现实组装"：

（她经常对我说）："我现在在这住着，这里是个街道大院，有一些得病的街坊，但我过了这个冬天就要回到山东去，回到我的院子里，我还卖些果子，然后中午饿的时候去不远处买烧饼吃，卖烧饼的是个老头，他有一个胖儿子……

话语免疫

对高龄老人来说，新鲜的所见所闻所思所想非常重要，它是生命力延续的源泉。对此，老天给他（她）们以特殊眷顾，方法就是：让他（她）们总在"失去记忆"。

想不起昨天发生的事，记不起昨天见过的人，想不起来和某个人说过的话，因此，在他（她）们行动受限、视力下降、听力不足、几乎无法从外界接收新鲜内容的情况下，记忆的丧失让他（她）们对这个世界始终保持着新鲜感……

比如，他（她）们再见到我时，又想起一些话要告诉我，实际上这些话已经说过；有时我明明三天没去，但在他（她）们的记忆里我是一个月没去，因此，他（她）们见我时会很惊讶，甚至有惊喜。

对我来说，我唯一不担心的就是与他（她）们交流的话题，同样的话题我可以和他（她）们说上50遍，500遍，他（她）们仍然兴致盎然，唯一担心的是我内心中对这种重复的疲倦，即：说上多少遍后，确实不愿意再说了，这时，我也不强求自己，那就再换个老人交谈。

一般情况下，再过两三天，这个疲倦期就会过去，我又会兴致盎然地与老人交流那说了几十遍的话。

细想一下，我的内心也被改造了，产生了一些新的心理机制，我惊讶于我在两三天之后就对那些旧话题又有了新鲜感，我成为一个对"说话疲劳"具有免疫力的人，这种免疫力如何产生，我有点说不清，好象一切就那么自然而然发生了。

也许，我早就知道与他（她）们是这样一种交流方式，所以对于"新的交谈内容"始终没有期待；也许，我与这个老人聊的是同样内容，但与其他老人聊，彼此交叉开，也是一种调剂；不管怎样，我对这种免疫力颇为得意……

老年想象症

这些老人，可以在"脑萎缩"的状态下获得幸福。

我们可以不把脑萎缩老人看做老年痴呆，或者说不叫老年"痴呆"，而只叫做"老年幻想症"，噢，这也不准确，干脆就叫"老年想象症"。

他（她）们想的世界真实发生在他（她）们的记忆中，他（她）们只是分不清现在的具体年代，把记忆中的一切当做真事，念头虽然不真实，但却以真实的姿态进入并影响他（她）们的生活，而这种影响有其内在的逻辑，都有迹可循，在这样的逻辑里都"很讲道理"。

因此，说其"痴呆"，是对他（她）们的不尊重。

这就像一个孩子说以后要长翅膀飞上天，我们只会说他想象力发达，而不说他是"儿童痴呆"；尽管这个孩子真的坚信自己以后能做到这一点。

因此，对这些老人也应换个称谓吧。

这样做的更重要的目的是，当我们说他（她）们老年痴呆时，我们觉得与他（她）们是很难交流的，也就不在意、不重视他（她）们说的话，从而忽略了还在起作用的他们的感受与情感。是的，他（她）们脑中的事情不是真实的，但由此引发的感觉感受以及情感却是百分之百真实的！

而面对"老年想象症"，我们应该会有足够的耐心去倾听……

最后拥有的东西

从高龄老人身上，能见到人之特殊而又让人感慨的生命特性。

他（她）们会有更本能的情感，好就是好，喜欢你就是喜欢你，讨厌你就是绝对讨厌你，这种情感不再允许理性介入，而就是情感的"纯粹表现"。仿佛情感已经"将在外，君命有所不受"，它不会听别人的道理，也不允许自己讲道理。

自己就是情感，情感就是自己。

孩子没有长大

判断高危老人大脑是否清醒，最简单的办法就是问他（她）们的年龄，她们一般能记住自己的名字，但年龄不一定都能记住，记不住的就是脑萎缩了。

一般来说，记不住自己年龄的人，也记不住子女的年龄。而有意思的是，在说孩子的年龄时，他（她）们一般会说三十岁或者二十岁。我认识的几十个高危老人中，没有一个老人会认为孩子已经超过四十岁！（实际上，孩子年龄都五六十岁了。）

在这些老人心里，孩子都没有长大。

第九章

终生难忘的"俄语奶奶"（上）

"我老伴在哪呢？"

"俄语奶奶"是我在老年医院认识的第一个奶奶……

我第一次去老年医院，时间是下午一点半，老人们都在午睡，我在走廊里"无奈"地走来走去。当我上了二楼时，看到一个病房的门开着。我向里面探了一下头，一眼看见一个奶奶穿戴整齐地坐在沙发上，正盯着门口看。我看了她一眼，本能地笑了笑，她没反应，我就从她的门口走过去了。但不知为什么我又退了回来，发现她还在向门口看，我又对她笑了一下。这次，她冲我摆了摆手。

我走了进去。

我蹲在她的面前，和她搭着话，也就是为什么不睡觉、以及她姓什么、多大年龄等等，她说她九十多岁了，是老师，是教俄语的，和她交谈看不出她有任何问题，仿佛一般的敬老院的老人。

第一次交谈持续了二十多分钟，我能感觉到这个老人有种很……"高"的感觉，有种威严。我的意思是说，她始终在等你发问。在你问她时，她又以一种老师般，确切说教导主任般的样子来回答。答完之后又是一脸严肃表情，等待你的下一次发问。

走的时候，我对她说会常来看她，她很高兴，就这样我们告别了。

这一次交谈让我很兴奋，毕竟我对高危老人的世界并不了解，而现在，一个老人居然与我谈了二十分钟。这就意味着我也与其他老人也能如此攀谈。这就像找到了一个陌生的古老的村落，进入其中有点手足无措，这时有一个慈祥又不失威严的村民，他牵着我的手进了他的家，和我谈了一会儿话，于是，以后再想起这个村子就一点也不恐惧，可以随时进入了。

我实在有点盲目自信了，后来发生的事情让我更加手足无措。

一周后的一个下午，我再去这个医院，再去看"俄语奶奶"。她午睡后刚刚起床，躺在床上，头发凌乱，我坐在旁边沙发上和她聊天。这时我问得多了一些，而她的回答明显要慢一些，但还是能说清楚。后来，我问了一个问题："奶奶，您老伴在哪呢？"

这时我看见她在认真地想，眉毛也皱起来了，脸上的表情从思考到困惑，最后几乎是痛苦了，然后她说："我老伴，他死了吧？还活着呢吗？不知道……不想了。"

她的表现让我很惊讶，我走到床头看她的病历小卡片，上面写着："90岁，脑萎缩。"我一时不知该说什么，该问什么，我一下觉得离她很远，无法接近她，或者说我们之间隔了一些东西……

离开她的时候，想起下次再来，内心突然有了一种复杂的情绪，有对她的同情，以及这份同情所产生的责任，甚至还有隐隐的激动。我觉得这是对自己的一次考验，仿佛献爱心已经不是很容易的事情，也不是自然而然的事情，而是需要足够的智慧，没有智慧，这份爱心就献不出去。

这种感觉，很奇怪，也很奇妙。

（提醒：把与高龄脑萎缩老人的交谈当作是挑战智慧的行为，内心中与之交谈的冲动就会大一些，来的愿望也会增加。）

重要一刻

在我看了这个奶奶四次后，发生了一件让我非常惊讶的事情。

那天，去看"俄语奶奶"时已经是下午两点了。一进病房我就笑了，奶奶居然还在睡觉。我站在她旁边，看她会不会醒，而我刚站在那，她就睁开了眼睛。看见我时，她明显一愣，随即认出了我，这时她做出一个让我意外的举动——

她突然伸出手，用力打我的脸，就像打"耳光"一样，嘴里说着："你、你怎么才来啊！"

说着说着，她竟然哭了！

天哪，她哭了！

她哭着说："我想你了，你怎么才来呀！"随即，她从床上坐了起来，然后转身指着窗外能看见的过街天桥："我就瞅那里，天下雨了你不会来，天不下雨你就来，一不下雨我就瞅那，但没有你。"

说着话时，这位九十岁的奶奶开始擦拭脸上的泪水，而我的眼泪也流出来了……

这一时刻对我以后的临终关怀非常重要，我第一次知道，一个连自己年龄都不知道的老人会有这么强烈的情感表达；第一次知道，她会这样想着一个常来看她的人；第一次知道，她如此需要我们来看她；第一次知道，被这样的老人惦念是一种什么滋味……

从那天起，我对自己说，我会一直关怀这个老人，直到她离开这个世界。

"你为什么给她下跪？"

随着我和"俄语奶奶"的关系越来越好，一个让我头疼的事情出现了：只要我与其他老人聊天，"俄语奶奶"就不高兴。

那天，我去医院，在大厅里看到了"天一凉腿就爱抽筋"的"怕冷奶奶"。"怕冷奶奶"非常热情地和我打招呼，伸出带着棉手套的手，高高举起，和我在"空中"紧紧相握，然后我们就热情地交谈起来……

正聊着，"俄语奶奶"推着轮椅来到我的后面，接下来，她就始终阴着脸看着我们……

其实，这还算好的，在一般情况下，只要我和一个奶奶聊天超过三次，在其后的某一天，"俄语奶奶"总会告诉我那个奶奶的一些缺点，有些缺点几乎是"罪恶"。还包括她曾对哪个奶奶如何好，后来那个奶奶恩将仇报等等，这让我真是哭笑不得。一次，我正和一个奶奶聊天，"俄语奶奶"甚至在众人面前大喊着："别理她，别理她，她有传染病！"

多亏了那个奶奶耳朵不好，仍和我笑呵呵地聊着……

有一次，我还是和这个耳背的奶奶聊天，由于在院子里没有座位，我就蹲在她的轮椅前面。这时，我看见"俄语奶奶"在不远处面容严肃地看着我们，过了一会儿，"俄语奶奶"大声喊我，我只好过去，她劈头就是一句："你为什么要给她下跪？"

"下跪？没有啊！"

"没有？我都看见了，你不正跪着呢吗？"

我心里这个笑，这时候我又听见她的忠告："她有病，有传染病，你理她干吗？"

有一段时间，我以为这是没法改变的事，因为她几乎对我熟悉的老人都没有好脸色，有时甚至去和人家喊。我觉得应该和她谈谈，但这和一个清醒的老人都不太好解释，更别提这样的老人了，最后我只能顺其自然了……而有趣的是，后来我熟悉的老人越来越多，"俄语奶奶"好像明白什么了，一来她不能和所有人都生气，另外她以前认为我来这个医院就是看她的，其他人就是抢了她的朋友，现在她明白：我是来看许多人的，那些老人并不是在抢她的朋友，而是她的朋友（我）在主动找那些人，而她对我是不生气的，于是，她就一点点接受了……

当然，接受这一点也有个过程。

那天，我问她："奶奶，最近有高兴的事吗？"

"没有，最近全是不高兴的事。"

"是吗，都是什么事，来，和我说说。"

"说不出来，都在心里。"

"还是和我说说吧。"

"就是有年轻人来这里看我，却不和我说话，不高兴。"说完这话她一脸寂寞，沉默了。

我心里一惊，她说的是我呀，在之前三四天内我一进门就能看见她，但她正和大家玩传球的游戏，而她又坐在圈里面，我就没进去，因此有三四天"看见却没有说话"。

哎，我的傻奶奶呀……我临时决定，把和她说话的二十分钟延长到四十分钟……

后来，我也开始注意这一点，比如，在结束和她的谈话时我会说："奶奶，我上楼一趟。"她就有点急："上去干吗？干吗？"后来她会说："什么时候下来？"再到后来，她会稳稳地点一下头，表情平静，再到后来我拍拍她的头，说一句"我先上去"，就可以了。

另外，我要经常表现出和她关系的特殊性，比如她在大厅里传球，她坐在一个离我很远的地方，我无法和她握手，我就打招呼，同时故作神秘地用手一指里面，表情也是有点"秘密"，让她觉得我和她在用"只有我俩才能明白"的暗语交流，这时候，她会很满足地点一下头，用手也指一指我指的方向，让我进去……

我无从想象在这一段时间里奶奶想到了什么，从一开始的孩子般的极度"自我"到现在有了"集体意识"，这真是一种有趣的变化。也许，她消除了最初怕失去我这个朋友的恐惧，内心就宽和多了吧。

（提醒：面对高危老人对你的"独享"意识，用一些方法消除他对失去你的恐惧，让他觉得你还是对他最"特殊"，他就会接纳你对其他人的好。）

"你别装听不见！"

老人，老小孩，两者的共性在哪里？

有一点很明显，你对她好，她就特别喜欢你，并且认为你是大好人。她如果不喜欢你，不论是什么原因，会长时间地不喜欢你，讲道理也没有用。

不过，有时上来一股倔劲也让人头疼。比如一个老人对另一个老人的成见；比如"俄语奶奶"对她同屋一个奶奶的态度。

不知为什么，"俄语奶奶"对同屋一个奶奶一直不喜欢，但那个奶奶耳朵背，她听不见"俄语奶奶"喊什么，于是我经常看到这样一个情景：一开门，在病房里面住的"俄语奶奶"对着那个奶奶大喊着，而同屋奶奶背对着她，仍然美滋滋、乐呵呵地看着电视……

看着这一幕，好多次我都笑出来了。后来，好像"俄语奶奶"也看出什么，她的大喊里就多出这样一句话："你能听见吗？你是装听不见！你听得见！"

我这个笑啊，那个同屋奶奶确实听不见啊！"俄语奶奶"确实在白喊啊！

终于，在多次狂喊无效后，"俄语奶奶"改用了新的战术：扔馒头！即在早上吃饭时特意留下半个馒头，然后在需要的时候，掰下一小块向美滋滋看电视的同屋奶奶扔去。当然，这一举动很快就被护工制止了，但同屋奶奶已经知道"俄语奶奶"不喜欢她了。

相比较而言，同屋奶奶很平和，并没有激烈的反应，她甚至还对"俄语奶奶"表达了同情，她对我说："那个老婆子看我孩子多，就嫉妒我，就嫉妒我。"有了这种"同情弱者"的心态，同屋奶奶基本采取了"人不犯我，我不犯人；人若犯我，我也不犯人"的政策。渐渐地，"俄语奶奶"就没脾气了，她对同屋奶奶似乎失去了兴趣，不再总对她大喊大叫了。

当然，这其中，我可能也起了积极的作用。

每次见到"俄语奶奶"，我都说这样的话："你同屋的那个奶奶其实挺好的（她听着直撇嘴），你知道吗？她好多次和我说想和你学外语，她特别佩服你，佩服你会外语，有学问，能和外国人对话……她说想和你做好朋友，都说了好几次呢！"

其实奶奶对与她成为好朋友没什么兴趣，但对方那么佩服她，让她心里很舒服，在这种舒服之下，她的心情就好受多了……

一个是"同情弱者"，一个是"享受尊敬"，两个奶奶渐渐相安无事了。

（提醒：让老人感受自己强于他人的地方，并且充分利用这点做些什么，会有意想不到的好的效果。）

"斗心眼"

和许多奶奶相比，"俄语奶奶"虽然记忆力也不好，但她的精神头却很好，我把原因归结为她一直在与外界"斗心眼"。也就是说，她一直以审视的目光来看周围的人，对她来说，每天出门来，到了其他老人中间，有点像检查工作的意思，这让她的每一天都有一种难得的活力。

　　她的心思转得非常快，这一点与她的记忆力成反比。有时她想一件事情，想着想着就想不起来了，于是就摇摇头说"我不想了，想也没用"，但一旦要"对付"谁，她就像一个老道的猎手。

　　有一次，我们在院子里聊天，我的位置是这样的：我正对着坐在轮椅上的她，背对着身后病房的玻璃窗。我们正聊得高兴，两人都哈哈大笑，突然间，她用手一指我，瞬间变脸，简直恶目相加，都快气疯的样子，大喊着："就是你，就是你！"

　　她的声音非常尖，在外人看来她就是疯了。我惊呆了，不知道怎么回事，这时我听见身后有人在关窗户，然后，我看见奶奶的表情忽然松弛下来，又喜笑颜开的，并低下头悄声对我说："刚才有人在窗户那边偷听我们说话，让我骂跑了。"

　　还有一次，她看见一个病人家属走过来，她就和对方打招呼，两人还热情地交谈了几句，她一个劲地劝对方到自己"家"里来，但等人家走后，她忽然低下头悄声对我说："都是假的，假的，我不喜欢她。"

　　奶奶确实很有"心计"，但她每次做了有"心计"的事情，尤其是当我的面做完后又都告诉我，像是汇报自己一次小小的胜利，这时候她的样子总会带一种莫名的得意，并且，一定要让人看到这种得意似的。

　　有一次，她与一个老奶奶吵了一架，然后我看见她把自己的轮椅推到另一个地方。这地方明显是她精心选择的，她在这里可以直面那个老太太的侧面，那个老太太可以凭余光看见她，看见她什么呢？看见她那种胜利的姿态、得意的目光，她就那么笑呵呵地盯着老太太的侧影看，还把手支起来放在胸前……

我的可爱的奶奶啊！

她们知道我来过

中国首部高危老人深度关怀笔记

第十章

终生难忘的"俄语奶奶"（下）

对于"俄语奶奶"，我有一个非常得意的关怀成果，那就是让她和自己最好的朋友在这个医院重逢了，我也有幸目睹了两个九十多岁老人之间非同一般的友谊……

前所未见的重逢

从"俄语奶奶"那里我知道，她有一个非常好的朋友，名叫胡英。两个人已经好多年没见了，她非常惦记对方，当然，"俄语奶奶"提起这个好朋友时是这样形容的："她很胖，上学时她学习不如我，我总是得第一，她总问我题……"

有时，我会提个头儿问一下："奶奶，听说你有个好朋友，从小到大的，叫……什么来着，她姓……胡？"

"胡英！"奶奶一声大喊。

在她不多的记忆中，这个记忆非常清楚，每一次提"胡"……她总会喊一声："胡英。"

这之后一个多月的一天，我从医院得知，这两个人竟然都住在这个医院！

天呐！

是的，"俄语奶奶"在二楼，胡奶奶在三楼！

她们许多年没见了，一位九十，一位九十二（胡奶奶），两个好朋友就在楼上楼下，但"俄语奶奶"不能去看对方，因为她坐轮椅不方便；胡奶奶也不能见她，因为她已经卧床不起；两人住在一起快三个月了，还没见过一面。

没关系，不是还有我吗！

我心中有着莫名的兴奋，我想象不出，这许多年没见的老人一旦见面会是什么样？我更激动的是，如果"俄语奶奶"知道自己的好朋友就在医院里"陪伴"自己，她内心会有怎样的温暖。

我要帮她们见面。

这天，我把"俄语奶奶"推出病房，走向电梯，对她说："奶奶，我今天领你到三楼转一转。"

奶奶的手交叉胸前，胳膊架在轮椅上，表情仍是那么有"范儿"，说了句"去吧"。我就推她进电梯，上了三楼，又出电梯，向着、向着胡奶奶的病房走去……

车子推进病房，直接推到胡奶奶病床前，两个奶奶本能地对视了一下……

两三秒后，"俄语奶奶"大喊了一句："你，你在这啊！"

下一句是更大的声音："你，你怎么病成这样？！"话一说完，她的眼泪夺眶而出。

再看胡奶奶，她的胸脯起伏着，眼泪已经流了下来，她的嘴唇蠕动着，想说什么但没说出来。

此时，"俄语奶奶"拼命地往前推轮椅，想与胡奶奶更近些，我赶快把她推向前，让她的轮椅紧靠着床，只见她一把抓住胡奶奶的手，举起来，一下贴在自己脸上，贴在满脸的眼泪上……

那一刻，我看呆了。一个九十二岁的老人，一个九十岁的老人，在这样一个温暖的下午，手手相握，泪流满面，却什么话也说不出来，这，这是怎样一种情景啊！

我当时那么遗憾地没带相机，如果拍下这一幕，那是多么动人啊！

接下来，我就开始充当翻译，胡奶奶耳朵背，我就把"俄语奶奶"的话大声喊给她，我喊的话是："奶奶说了，你别住这了，到她那去，和她一起住。"（此时"俄语奶奶"又回到糊涂状态，她只有一个病床啊，怎么一起住。）

"她还说，和她在一起，她会照顾你。"

听着这话，胡奶奶只是点头，眼泪流得更凶了……

我替两人传了会儿话，就准备推着"俄语奶奶"往回走了，毕竟不能让她太激动，毕竟以后有许多见面的机会。

临走时，"俄语奶奶"又一次把胡奶奶的手贴在脸上，然后对我说："你告诉她，以后来看她，来看她……"

而胡奶奶此时终于说出了一句话："让她……好好的……我替她祈祷（奶奶信教）。"

我把这话告诉"俄语奶奶"，奶奶点了一下头，眼泪又流出来了。

就这样，两人告别，我推着"俄语奶奶"走了。

我以为以后还会有无数次机会让两人见面，但是……

"她是不是死了？"

"俄语奶奶"和胡奶奶在我的帮助下又见了两次面，但不久后的一天，在和"俄语奶奶"聊天时，她突然问我："胡英是不是死了？"我一愣，"没有啊，奶奶您听谁说的？"

"我听有人这么说。"

"他们瞎说呢，根本没有的事。"我对奶奶的话并不相信，我认为她又是做了一个梦。

下午，我推着"俄语奶奶"去胡奶奶那里，快到门口时，发现门关着，我隔着玻璃向里面看，发现……胡奶奶的床位是空的，只有白得晃眼的床单……

我一惊，空床对这个医院里的老人来说只有一种解释，那就是……

我立刻把"俄语奶奶"先推到一边，然后走进病房，一问护工，得到的答复是："胡奶奶已经去世了。"

噢，奶奶已经走了……

那我的"俄语奶奶"怎么办？这是她在世上唯一的朋友啊！

而且，她还在外面等着呢……

我走出去，对"俄语奶奶"说："奶奶，我刚知道，原来胡奶奶病已经好了，已经回家了。"

"不，她已经死了。""俄语奶奶"平静地说。

"她没死，她被儿子接回家了，她儿子非常孝顺，她真是个有福的老太太，对了，她临走时还说，以后你出院了一定要去找她。"

"噢，回儿子家了，那是好事，好事。"

奶奶不再说这事了，而我不知道她心里究竟是怎么想的，她是否真的相信我的话，也许她真的相信了？

我推着她向电梯走去，奶奶一直沉默着。而看着她脑后有些纷乱的头发，那一刻，我突然觉得她是那么可怜、那么弱小，她不再有朋友了……

我忍不住伸手替她捋了捋头发，这一刻，我甚至觉得她好像是我的亲奶奶，不知为何有这种感觉，但它真的就出现了……

以后的日子里，我们也聊到过胡奶奶，那时她的表现总是这样的，先是张嘴就问："胡英死了吧？"

"没死，活得好好的呢，病好了，回家享福去了。"

"噢，那好，告诉我地址，我去看她。"

说完这些话我们就谈别的了。

那时我就知道，不管怎样，在"俄语奶奶"心里，老朋友还活着。

老朋友还活着，对她来说，这就足够了，足够了……

（提醒：如果有可能，让两个是朋友的高龄老人住在同一个医院或者养老院吧。那种安慰的力量不是你我所能想象的，另外，永远不要告诉老人，他的好朋友去世了……）

突然的衰老

"俄语奶奶"好像一夜之间就变得更老了。

我十几天没见到她（工作比较忙），再见她的时候就是另一番情景：她在大厅一角，几乎是瘫在轮椅上，她的目光有点散，好像还在半梦半醒之间，没有以往的灵动以及"挑剔"，脸上还有种近于"巴结"他人的"胆怯"。总之，她的气势没有了，整体的气势感不见了！

我向她走去，以往她从远处一见到我，立刻就兴奋起来，手也挥起来，身子要腾空似的，口里喊着什么，但这一次她坐在那里一动没动，只是看着我来的方向，没有任何反应。那感觉，就像不认识我一样……

我笑着走过去，坐在她身边，握住她的手，她抬起头看着我，目光中明显是初次见面的不解以及拘谨。我一时有点难受，也就没说什么，只是直直地看着她，她也看着我，但没有什么情感表达，而旁边过来几个学生，她的目光又被吸引过去了，不再理睬我了……这时，有一个大夫走过来，问奶奶："他是谁呀？（指着我）"

"他？"奶奶说："不认识。"

我的心一惊，我已经预感到了什么，但真的被证实，还是让我很震动，这刚刚十几天，她就已经忘记了我！

我握紧她的手，让她把注意力转过来，然后问她的年龄，以往的工作单位，以及那几个好友。以往，她或者回答得很快很清楚，或者一扬头，以"不屑"的语气说："想那干吗！"但现在，这些反应都没有了，只是茫然地看着我，以及摇头，偶尔地非常含糊地吐出几个音节……噢，我的奶奶，就这样，就这样十几天……就好像老了十几年……

后来我知道，前些日子奶奶大病了一场，医院把她抢救过来了，但是，大病后她就这样了。

九十多岁的老人本来就是这样的，我是知道的，以往也碰到过，但我真的不能接受"俄语奶奶"——我的好朋友，也这样啊！看着她，我的眼泪都快流出来了，但我强忍着，嘴边带着笑容和她聊天，聊着聊着我想到一句话：从现在开始……是的，从头开始，就当我刚认识她，就当我再次从零起步，再次唤回她的记忆，就当她忘却了一切。好在我记住了一切，现在，让我把一切再还给她，让她于某一天把我当作她的另一个好朋友……

我不知道这有多难，也许，一两个月后她就能缓过来，我不认为自然规律有那么强大，而且，我现在握着的这双手，已经握了两年了，这双眼睛也已经看了两年了，她和我如此熟悉，熟悉到我就像她的……学生、孙子，她就是我的亲奶奶，我有信心挽回她的记忆。我又想起初见她的情景，我第一次来这家医院，她是我认识的第一个老人，她穿戴整齐坐在沙发上，表情郑重，正对着门口，仿佛在等待一个人的到来……她等到了我。

就当现在的她就是那时的她，等待一个人的到来……然后，她等到了我。

对她的关怀，重新开始。

"重新开始好吗？奶奶……"

"奶奶，有人采访你！"

经过一段时间的努力，让我高兴的是，奶奶已经能够想得出两个女儿的名字，也叫得出父亲的名字，还告诉我要和同屋的奶奶搞好关系。最让我兴奋的是，她还能用俄语说出从一到二十的数字。

在一大段时间里，每次见到她，我都要把她的事情逐一问个遍，以巩固她的记忆，许多时候，我们的对话是这样开始的：

"奶奶，明天会有电视台来采访你。"

"是吗？"她一下子很兴奋。奶奶很有意思，以往经常和我说，她绝对不向外人说外语，但一有照相机，或者摄像机，她立刻会用俄语跟对方打招呼，以"显示"她的才华，并且脸上真的笑开了花……

"我们现在先预演一下吧，我把他们要准备问的问题先问你一下。"

"好的，你问！"她满脸期待。

于是，我就问开了：

"你是叫×××吗？"

"你今年是九十一岁吗？"

"听说你会外语？"

"听说你以前在工厂工作？"

"听说你有一个好朋友叫×××。"

"听说你有一个从小到大的好伙伴叫×××……听说那个人特别胖……"

一个个问题问过去，奶奶的记忆被一个个唤醒和重复着，看着她一次次斩钉截铁的回答"是"，而回答某个问题时那么骄傲，我心里一阵阵窃喜，同时在心里说："奶奶，我不会让你忘掉这些的，相信我！"

（提醒：以某种方式强化老人对一些基本问题的记忆，就是在巩固她整个记忆的架构，就是在延续她的生命力，就是在延续她的生命……）

"是你……"

虽然奶奶的记忆被保存了一些，但是，她的身体极度衰老下去。很快地，她已经不能下床了。

那天，我去看她，已经是下午三点了，她仍然没有睡醒，我蹑手蹑脚走到她的旁边，站了一小会儿，她把眼睛睁开了……睁开，眨了眨，看看我，又睁大了："是你……"

她认出我来了，我笑了。

她向上挺了挺头，看着我，说了一句："我要死了。"

"奶奶，您死不了，您还能活十几年呢。"

"是吗？"

"对。"

"我……病了。"

"没事，就是普通的感冒，过两天就好了。"

当她说一些话时，我其实听不太清楚，以往她说话没有这么含糊，好在通过两三个清楚的字，我还能猜出句子的意思。但接下来她的话我就不明白了，都是一些前后都不搭的词。是的，她已经说不清一句整话了，我的奶奶，她确实要走了。在走之前，她的语言能力最先被破坏，尽管她每说一句"天书"般的话，仍然在等待我的回答，我也全力地配合她，让她知道我听懂了。

其实，对于一个要走的老人来说，我们永远不知道她要说什么，又似乎永远都知道她要说什么……

终于有一天，奶奶，走了。

直到多年以后，一走进这个医院，我仍然恍惚觉得，奶奶，还在二楼——等着我。

第十一章

高危老人的生命发现（三）

想说，却无内容

有时候，真的不知该和奶奶们说些什么，她们已经没有具体的内容与你交流，有的只是与你交流的——渴望，比如那天去大厅里，那个很瘦的奶奶就一把抓住我，急迫地说："我终于看见你了！看见你了！我不让你走，我和你说话。"

"好的，奶奶，我不走！"我笑着。

她的手很有力，我稍往外撤了一下手，她立刻加力，那感觉仿佛越绕越紧的藤。

我也就不动了，笑着，保持着笑容听她说话。

但在接下来近十分钟的时间内，她始终在重复着一句话，或者同一内容的话："我和你说，我终于见到你了，我不让你走，你一走就不能和我说了。"

我相信她过去一定是非常善于并且愿意交流的，这成了她的习惯，老了之后，她也确实每天都有些什么想法，但一要说的时候，就什么也想不起来了，甚至刚刚几小时前的事情也想不起来了，对她来说，只剩下："要说、要说、我要说！"而不再有说话的内容。

非常想说，却无内容，这是众多高危老人的共性吧，知道了这一点，我们对他（她）们，请多一些耐心吧……

圣徒

应该换个角度去看这些高危老人了。

不要认为我们是健康人，他（她）们是病人。

不要认为我们强大，他（她）们虚弱。

不要认为我们在俯视，他（她）们在仰视。

不要认为他（她）们在走向尽头，我们是壮年。

不要认为他（她）们糊涂了，我们还清醒……所有这些念头都不要有，这些念头会阻止我们了解他（她）们真正的感受，实际上，他（她）们就是我们的未来，我们不是面对他（她）们，是在面对我们的未来……我们不是了解他（她）们，而是了解自己的未来，如此，我们对他（她）们才会有真正的耐心，有了尊重，以及……好奇，甚至我们可以想，他（她）们之所以承受一些"苦"，是因为他（她）们在为我们受难，为了告诉我们，我们老的时候是什么样，提醒我们早做心理准备。也因此，他（她）们是无意中伟大的人，是为整个人类活着的"圣徒"。

不管怎样，我们所有的敬意都源于一点：这个世界曾经是他（她）们的，他（她）们要去的地方，也将是我们要去的……

临终决战

这些老人真的很让人惊讶。

两天前还"能吃能睡"，两天后突然病了，然后极度衰弱，几周后就辞世。这个过程尽管我见到很多次，仍然无法接受，那种"与他（她）们继续共度时光"的想象永远不能消失，我永远都在一种"突然"中面对他（她）们的离去……

渐渐地，我对得病的老人有了新的感觉：惊恐。他（她）们是病不起的一群人，不论这个病是癌症还是感冒，当吊瓶挂在他（她）们头顶，这就意味着，他（她）们已经开始与生命做最后的抗争，这一抗争是悲惨的，也是悲壮的！他（她）们要做的是把仅存的生命力全部押上去，为了生命最后一战！

在那些时刻，他（她）们会想什么呢？包括我的郝奶奶，在那些完全孤独的日子里，她会想什么呢？她会不会担心第二天醒来时就是生命的最后一天，如果那样她会想什么、会计划什么，会不会有某种强烈的渴望要表达，而最终没有人听到！是的，这个世界有多少人，其最重要的话并没有人听到，永远地随他

（她）们去了，或者，在他（她）们本不清醒的时候，我们想听但听不到，在他（她）们清醒的最后时刻——却没有人在他（她）们身边。

对他（她）们来说，每一天都是重要的，你不知道他（她）们会在什么时候需要我们，最后的需要、最重要的需要。

因此，当我们真的开始这种关怀时，就是一个竖起耳朵听着身边动静的灵敏动物，随时准备出击，并且，这种出击必须"一击而中"，否则下一次当你出击时，他（她）们已经离世。从这个意义说，临终关坏的心态是一种"战斗心态"，甚至于，是一种决战心态！

这是人生非常特殊的决战，非常特殊！它的对手不是疾病，也不是痛苦，而是时间，是少得可怜的时间……我们将自己的时间付予他（她）们，以求对他（她）们正在流逝的生命的尽量弥补，真的好像，拿出自己的时间放在他（她）们的时间里，一出一进，维持某种奇妙的守衡……

她们奇妙的内心世界

高龄的脑萎缩奶奶，她们的思维方式究竟是什么样的？

我忍不住揣摩了一下……

比如，"苹果奶奶"。

她连自己孩子都想不起来，也不知道是孩子把她送到这里来的，而这里又是什么地方呢？她是怎么把这里最后当成家的，更重要的，她如何认为其他人都是得病的邻居……尽管她并不喜欢这些得病的邻居……

想一想真是神奇，她能把一个全然陌生的地方以某种方式当做自己的家，一如"早就住在这里"，或者一直住在这里。这一过程在许多脑萎缩老人身上都出现过，他（她）们的世界就这样与外在世界进行神秘对接，并且对接得合情合理，这种能力是他（她）们在丧失理性后唯一强大的能力，该能力以"自我、自我认可，自我保护，自我快乐，自我重要"为核心内容，以此重新安排生活。

这种能力随着其他能力的丧失，日益强大。

幸福在心

当你和某个老人建立情感联系后，你会时常觉得内心有某种温暖，这种温暖，即使在不去医院的日子里——也在心底，它不显现出来，却让你觉得很舒服。那是一种整个生命都很舒服的感觉，就像冬天里自己始终在一个温暖的屋里，整个身体都处在适宜的温度中……以上感觉总会在平常生活中不经意"显现"出来，比如，去买东西以及在路上走，突然想起某个老人时，就会有一种温暖突然降临，然后让你觉得接下来的路程都变得轻松起来，感觉很惬意，甚至不经意地，嘴边都有微笑。

有时也会设想这样一个情景：自己再次走进医院，远看这些正在院子里晒太阳的老人，其中一个老人看见我，觉得好像认识我，就始终盯着我看，等我到了近处，她一下子绽开笑容，然后她会主动伸出手，要握住我的手，仿佛只有这样她才踏实。其实，她还有一个小心眼，她知道我到这来要看许多人，她抓住我的手，我就不能去看别人了！

当我设想这一情景时，我的内心是快乐的，仿佛曾经发生过的这一情景——以后要无数次发生，而这一情景也连带着其他温暖的记忆，仿佛在一个大屋子里有许多柜子，柜子里面有太多我与这些老人的故事，而这一情景就是打开这些柜子的钥匙。

第十二章

幻听的"电视奶奶"

"贿赂"老人

我非常喜欢给爷爷奶奶买一些东西，尤其是刚认识一位老人的时候。

有一天，"电视奶奶"（她特别爱看电视，我就这么叫她）告诉我："我的杯子上面有一个裂缝，水总溢出来，我还得自己擦桌子。"听了这话，我决定给她买个杯子。

我到附近的食杂店给她买了一个八块钱的太空杯，上面还有可以拧紧的盖子，因为她曾说她用一张纸当盖子，以免落上苍蝇。

说实话，拿着杯子往医院走的时候我忽然有点紧张，不知道奶奶会是什么反应，自己甚至有点"做贼心虚"的感觉。走进医院，看见她正坐在大厅里，我走过去，笑着对她说："奶奶，我给你买了一个杯子。"

"啊，杯子！哎，干嘛还花钱买杯子。"说这话的时候她脸上已经笑开了花。

"您的杯子不是漏了吗？"

"那好吧，谢谢你啊！"她接过杯子抱在怀里，然后和我说："你坐啊。"

我笑了，以往在大厅里我是听不见这句话的，这是一种在自己家里才说的话啊！

我知道这一个举动会有意想不到的作用，事实也是如此，一个杯子让我们之间的交流……自然了许多，我是说，在以往还是有一些客气的因素，现在更顺畅了，有点像一家人一样，这种感觉，只花了八块钱就得到了！

之后，我走进了"电视奶奶"的世界……

（提醒：及时发现老人们的生活需求，买个小礼品，会迅速拉近你与老人的距离。）

门口的人影

"电视奶奶"住在一个单间，奶奶已经八十多了，身体不大好，最大的问题是失眠很严重。

有一阵，她连续失眠快一周了，按照她的话说"一小时都没有睡"，再见她时，我几乎以一种紧张的口气问着："奶奶，昨晚睡着了吗？"

我的心比语气紧张多了，我实在不敢想象这个瘦弱的老人告诉我，她还是"一个小时都没有睡"。

她说话还是很慢，但是、但是，我听清了，她说"睡着了，一躺下就睡着了，"她还稍有不快地说，"睡得像个死人一样"。

她的表情并不兴奋，我可是快高兴到天上去了！我真想紧紧地抱住她啊！我的好奶奶，你睡着了！

虽然这样，但她还是非常虚弱，手还是有点抖，而且，她已经有了"幻视幻听"的迹象，说着说着，她可能就会突然问我："你看见门口有一个人影吗？"

"没看见啊！"门关着，又是磨砂玻璃，根本看不清什么。

"但是，我看见了呀，有两个人影，一个站着又坐下，坐下又站着，另一个还戴着金色的帽子。"她说这话时，表情明显是恐惧。

说实话，她把我说得也汗毛直立，多亏这是在上午十点，否则岂不是和恐怖片一样了？我知道，多日的失眠让她产生了幻视。

她继续说着："你在屋里看见一个大高个子吗？"

"我没看见，奶奶，这儿没人。"

"现在没有，晚上就有，我问他我的饭里有没有毒，他说没有，我才敢吃。"

这要是在以往，我肯定认为奶奶神经不正常了。当然，实际上也确实有点不正常，但我不愿意把她当作精神病人，她不是精神病人，她是我的奶奶，我的好奶奶，因此我准备好好劝她⋯⋯

我说："奶奶，这些是你的幻觉，不是真的。"

"不是啊，我真的看见了啊。"

"奶奶，我问你，你以往也出现过这种幻觉吧。"

"对。"

"是不是也是在好几天睡不着觉的时候？"

"是。"

"后来睡好觉了，是不是就没有这种幻觉了。"

"⋯⋯是。"

"那就对了，这就说明你这种感觉与别的东西无关，只与你的大脑有关，你大脑休息好了，就没事了；大脑休息不好，它们就又过来了。等过几天你彻底休息好了，就又都没有了。"

"是吗？"

"是。"

"会吗？"

"会。"

"你⋯⋯你看，门口还有一个人影啊。"

我索性站了起来，走到门口把门打开，转身对奶奶说："奶奶，你来，你自己来看！"

"我，我没劲，站不起来。"

"我扶你。"我走过去扶她，这时我才发现她确实没劲，怎么扶也扶不起来，她就像一团棉花，自己没有力气，我也无处着力，这时我听见她说："我不用去看，你说的我相信，你不会骗我。"

（提醒：越是面对幻听幻觉的老人，越要学会"以理服人"，而且这个理，要非常"有理"。）

命如羽毛

今天，"电视奶奶"的气色要好一些，她已经能从床边走到沙发和我说话，但她的神志仍然不是很清楚，比如她告诉我，为了怕把要说给我听的东西忘了，她就用笔把它们记在本子上，再把本子放在小柜子里。

"你去把那个柜门打开，把本子拿出来。"我走过去，发现柜子是空的。

"那就是在抽屉里。"

我打开抽屉，里面也是空的。

"那你把柜子抬过来吧，我现在在上面写。"

我笑着摆手："奶奶，医院有规定，这些柜子是不能乱动的。"

"噢，是这样，那就算了。"

奶奶的手不怎么抖了，这说明她休息得很好，她还很高兴地告诉我："我听你的话了，昨晚八点就睡了，没看电视。"说这话时，她就像一个得了100分要糖果吃的小孩。

今天她也没和我说人影的事情，我觉得她真的在一点点恢复，不过，她仍然极度敏感。她告诉我，医生来看她后要去其他病房，没和她多说几句话，她想了一天："为什么医生不理我了呢？我哪里做得不好了呢？"

这些苦恼对她以往来说是苦恼，但对她现在来说则是"炸弹"，时刻在轰炸她的神经，我必须在短时间内把它消除掉。

"奶奶，是你多想了，医生忙呗，她哪有时间和每个病人都说那么多话啊？"

"不对，她就是不理我了。"说这话时，奶奶都要哭了。

"那……那好吧，我就和你说实话吧。"

"什么实话？"她一下变得很紧张。

"这都是我们大家商量好的，我、护士长、医生在一起开了个会，认为你最近情绪太爱激动，一说就哭，一说就哭，因此医生来看你时，就不多和你说话了，觉得对你眼睛不好。"

"但是我看见医生的时候，我并没有哭啊？"

"但你都是哭的表情了，奶奶你想想，你是不是在和她们说话的时候想过哭，再或者感觉到——自己要哭？"

"是。"

"这就对了，你虽然没流泪，但你都是哭的表情了，所以大夫就走了，她不想让你流泪，对眼睛不好。"

"噢，是这样。"

"所以呀，大家是为你好，这下你放心了吧。"

"放心了。"

说实话，这一刻我很有成就感，因为此时，奶奶的神经已经脆弱到极至，就像一根羽毛，稍有股风，不论多小，都会把她吹跑。而我不但把这风定住了，还让这根羽毛变成一根稍粗的羽毛，当然，它还是那么脆弱，这些天，我需要经常去看她……

强制睡眠

两天后，我去看她，她一看见我就说："你可来了，我一直在等你。"然后就又把休息不好的事情跟我说，我一细问，其实还是和电视有关，她说："我一睡觉，就总想电视剧里的事，里面笑我也笑，里面难受我也难受，就睡不着了。"

"奶奶，那你就不看了呗。"

"不行，这个电视剧正到了关键的时候。"我又问了她失眠的具体症状，她说，"我有时能看见魔鬼，我还和它对话"，同时她也承认"我又幻听幻视了"，这点还是让我欣慰的，以前第一次出现这种情况时，她会说真有那些魔鬼，现在，知道"怀疑质疑"了。

面对她的"进步"，我开始进一步的规劝：

"奶奶，你回想一下，都成规律了，只要你睡眠不好，就出来魔鬼，睡眠一好就没有魔鬼，从这里就可以看出，是没有魔鬼的。而你睡眠不好又和电视有关，因此现在的当务之急是不看电视。"

"那不行啊！现在很关键啊！……"她又开始讲剧情，我说："这样奶奶，我们各退一步，就两天，两天之内不看电视，行吗？就两天。"

"那……那就等我把它看完了就不看了。"

我继续和她"讨价还价"，但是，说了五六分钟都没有什么效果，我就板下脸来说："奶奶，这回你必须听我的，而且这次我要采取行动，我中午的时候就在这屋里呆着，我监督你，就不让你看电视。"说这话时我的语气很坚决，她听我如此语气就有点蔫了，半天说出一句："我后悔了。"

"后悔什么啊？"

"我后悔把我的秘密告诉你了。"

说完这话，她笑了。

又过了两天，她又有了新的"麻烦"。

她一旦晚上睡不着觉，就起来——记日记，一记就是几个小时，把一个小本都快写完了，而我看她的日记，几乎读不下去，可以想见她在记的时候处在一种半恍惚状态。字句不连贯，根本不知道她要写什么，而她的解释是：我在记护士长和医生给我开的药，我要把吃药的效果记下来，我怕我不记下来就忘了……

我对她说："你知道吗？护士长生气了，生你的气了……"

"啊，为什么啊？"她一下子变得有点紧张。

"因为护士长说了好几次了，不让你写日记，但是你偏要写。"

"我要是不写，第二天就忘了，就不能告诉她吃药的效果了。"

"吃药的效果不重要，重要的是你还想见护士长吗？"

"想见啊！"

"但也许以后就见不到了，因为你不听她的话，她生气了，她说只要你再写日记，她就不来了。"

"我、我……我不记了还不行吗？"

"那你得拿出行动来，让她看到啊。"

"那好，我，我拿出行动来。"这时她用手撑住沙发，费力地站起来，走到柜子那里，打开抽屉，拿出一支笔，停顿了一下，犹豫了几秒钟，又从一个地方拿出一支笔，对我说："我把笔都上交了，没有笔了，就不能写日记了。"

"如果再写怎么办？"我问她。

"如果再写我就……你们就都不来看我了。"她说这话时目光中有一丝东西闪过，那好像是某种悲伤，有一点灰暗的意味，我于心不忍了，我拍拍她的头说："奶奶，我相信你。"

拉钩

"电视奶奶"这几天睡得特别好，她一直很听我的话，每天晚上不到八点就睡觉了，她还好几次和我说："我和你拉钩的，

我和你拉钩的，我每天都七点多就睡。"而我还真有点成就感呢！有成就感当然也更愿意去看她了！

这一天，我是早上八点去看她的，看到我时她眼中明显有惊喜，但她的反应没那么快，过了好几秒才冒出一句："你怎么来这么早啊！"她正在床边洗毛巾，我就坐在几米外的沙发上看着她，接下来她并没有说什么，只是低头洗她的毛巾，但表情是喜滋滋的。

洗完了，她就把毛巾放在脸上擦拭，噢，原来她在洗脸，但洗毛巾的时间明显比洗脸要长，这时我就和她说话了：

"奶奶，您昨晚睡得好吗？"

"好啊，我不到八点就睡了，我们拉过钩，今天早上七点多才醒。"

"那您睡了12个小时呢！"

"是。"

"是不是觉得身体好多了？"

"是。"

"奶奶，您知道吗？为什么您最近睡得好、身体也好吗？"

"为什么啊，不知道。"

"因为您不那么生气了，不爱总生气了。"

"是吗？"

我这么说可是有大量惨痛教训的，奶奶特别爱生气，她自己都说"我这人心眼小"。有那么一大段时间，我每次看她，她都在生气，看我来了，就把生气的事情和我说，一边说还一边哭，说到气处就突然说不下去了，喘着粗气，脸上憋着气，不停地抚摸自己的胸口。而她生气的事情确实都太小，比如医生忙没有和她多说话，护工倒水时洒了一桌子等等，都是些不值得一提的事情，我们之间为此曾有过这样的对话：

"奶奶，连你自己都说心眼小，你怎么改啊？"

"改不了了。"

"奶奶您有好几次因为生气睡不着觉吧。"

"是的，我气得都睡不着了。"

"睡不着第二天起来就身子软、头疼、没有食欲，对吗？"

"对，你是怎么知道的？"

"然后这样两三天就快受不了了，是吗？"

"是。"

"所以说，只要你一生气，您就要大病一场，您得病，不论得什么病，只有一个原因，就是生气，再说一次，就是生气！"

"那怎么办啊？"

"您每天睡觉前都对自己说一句话，说三次：我不生气，我不胡思乱想，我要胡思乱想就得大病了，就得大病了。"

"好使吗？"

"你试一试吧。"

"好。"

"我们拉钩吧，就算你答应我了。"

"好！"

现在看来，我们的拉钩很见成效啊！

（提醒：在某个时候，让自己成为这样一个人：老人很看重对你的承诺，如果不遵守承诺，就见不到你了，如此，你就可以解决无数的问题了！）

八十为师

每当找到一个新的与老人交流的内容，我都会很兴奋。比如这天，我在下午的时候去看"电视奶奶"，她的电视开着，但她并没有看，而是坐在沙发上做着眼睛的"保健操"。我安静地坐在她旁边，她又做了一会，睁开眼看见我，笑了："你来了。"

"奶奶，你为什么不看电视啊！"

"噢，下午，我会先打上一套太极拳，然后做眼保健操，然后才看电视。"

"啊，您还会打太极拳啊！"

"会啊，当初我在外面住的时候，每天早上都会去打会儿太极拳，有一百多人一起打呢。"

"现在您还会？"

"会啊。"

我心一动："奶奶，要不您教我打太极拳吧。"说这话时我已经有一种本能的兴奋，每次都是这样，只要能找到交流的新内容，就意味着我们可以多交流一个小时，而这个内容可以在以后继续交流，一年就多出几十个小时啊。而我如果有意练得再笨点，忘得再快点，一个太极拳，就能让我和奶奶有百余个小时的快乐时光啊！

在我兴奋的时候，奶奶已经站起来了，开始准备教我……她的两脚微微张开，慢慢说着："先要两脚与双肩平。"

我心想，她也没打开与双肩平啊，突然又发现，奶奶实际上已经那么瘦小干枯了，她的肩膀也就那么宽啊。

然后奶奶开始一招一式地打起来。这时，电视里正在演一场音乐会，正唱着"茉莉花"，是南开大学合唱团在某音乐厅的演出。于是，在这暖暖的下午时分，在《茉莉花》的音乐声中，奶奶在狭窄的病房里，一招一式比划着。我看着看着有点看呆了，不是因为她打得好，而是在同学们天籁般声音的氛围下这个奶奶瘦小躯体的运动，我觉得……那是什么感觉呢？

不过有一点，奶奶打得确实不是很正规，我突然笑了。不是觉得她打得不正规，而是想到，以后的日子里，我肯定会非常认真地学这套"不规范"的动作。对我来说，必须认真学一个错的东西，在一生中肯定是第一次。

奶奶的热情很高，确切地说也有点兴奋，可能她也意识到我们之间新的交流方式已经确立，而且她还可以"教"一个人，这种感觉可能也是第一次出现。

这之前她是病人，这之后她是老师……

（提醒：能从高龄老人那里"学"到一个东西，拜老人为师，是给老人的最好的礼物。）

重要的电视

一台电视对于老人来说是重要的，其重要性几乎等于生活的全部。而从某种意义说，电视剧，对老人来说是生活的乃至生命的礼物。

"电视奶奶"的生活很有规律。早晨6点起来，起来后做适当运动，吃早饭，收拾一下屋子，收拾一下房间，这时已经是上午九点左右了，然后她就拿一个垫子出门了，下楼，或者到大厅里，或者到院子里坐着——晒太阳。

十点半左右，她回病房，然后看一集电视连续剧，吃午饭，然后收拾一下，午睡，睡醒后在屋子里百步走，再打一套太极拳，也就快吃晚饭了，然后就是静静等待，等待晚上七点半的电视剧的出现，一直看到九点半，收拾一下，睡觉。

在这样一个流水帐似的生活里，她的兴奋点有两个：一个是她下去时有志愿者同学在下面，她可以唱歌；一个是看电视剧。

同学不一定总在下面，但电视剧总有，而且固定在那个时间段。于是，实际上，电视剧是她每天唯一固定的、恒定的兴奋点，这一兴奋点的出现，几乎点燃了她一天的热情。她有了一种稳定的、不带失望的期盼，即使这个电视剧她不喜欢。她一边告诉我说如何不好看，一边不停地讲述新的剧情。她在看电视剧的时候，几乎是不搭理我的。而吃饭时如果看电视剧，那么这顿饭基本上可以吃一个小时。是的，毫不夸张，一个小时！

好几次，我注意她看电视剧的表情，那种专注有着特别的感染力。我的意思是说，她好像一个考生，在等待高考结果，或者一个运动员即将起跑，有一种生命力浓缩饱满的强烈感觉。而对她来说，那一刻她很快乐，很幸福，有一种沉甸甸的东西，美滋滋的东西——作为气氛笼罩着她。

好的电视剧，是有生命力的；对某些老人来说，电视剧就是全部的生命力。

无声陪伴

我和"电视奶奶"在她的单人病房里坐了一个小时。

我们并没有说太多的话，有一句没一句的，两人都看着电视，也是有一眼没一眼的，奶奶几乎不怎么提起话头，只是这么坐着，安静地看着电视的方向。有时我觉得实在没什么话说了，就起身告辞，但每次她都一把抓住我的胳膊，说："再呆一会儿吧。"

偶尔，她会说一句："你一会儿有事吗？"

"没事，奶奶。"

"好，那你就再陪我坐一会儿吧。"说这话时，她的嘴边泛起了笑容。

我也索性不想什么话题，也陪着她安静地坐着，眼睛看着电视的方向。

说实话，对我来说，我还不太习惯这种无声的气氛，但我知道，奶奶已经这么老了，她已经丧失了与人进行充分交流的能力，但她又渴望与人相处的"温暖"。因此，她不说什么却不让我走，她与一个她还很喜欢的人坐得很近，长时间坐得很近，就有了非常大的满足，这种满足甚至比与我快乐交谈还要好吧……

真的，那是什么感觉？老到动动身体动动脑子都很累，什么都不愿意动，但是与一个亲人在一起，觉得自己以及这个屋子都是温暖的，觉得很安全、很舒适、很有依赖感，然后，心里就有一点点的沉浸，让自己完全沉浸其中，最好能就此睡着了，就能睡得那么香……

有许多儿女曾抱怨不知该和年迈的双亲说什么，这么想的前提是，认为老人也有责任说点什么，多说点什么与自己交流。但他（她）们已经是丧失交流能力的人了，确切地说是丧失语言交流能力的人（而情感交流的渴望反倒更加强烈），这就像孩子，乃至婴儿，婴儿没有语言交流能力，但对情感交流的渴望非常强烈，如此一想也就明白了。

那么，我们与婴儿在一起的时候会要求他多说话吗？会认为与之交流困难吗？会觉得与之长久相处很难吗？不是，那么，再面对老人，也就是面对一个不说话但渴望你在身边的孩子，只是，这个"孩子"没有很长的生命了……

他（她）对情感的无声依恋，几乎是他（她）对这个世界最后的依恋，最重要的依恋，既然这样，那就多一些这样无声的陪伴吧……

大概两年多以后，我的"电视奶奶"离开了这个世界……

第十三章

别样的温暖与欢笑

老伴只在大厅里

这是一个奇特的场景……

大厅里，一个爷爷，一个奶奶，两人坐在一起，聊得非常高兴，聊着聊着，双方的手还握在一起。这时，一个医生对我说："他们两人都是脑萎缩，都糊涂了，现在他们都把对方当成自己的老伴。"

"是吗？"我非常惊讶，但是的确，两位老人的表情与其他人不一样，看对方时都有一种平和的温暖，说话的过程中两人始终微笑着，时不时看对方一眼。

这一幕让我非常感慨……

来这里的老人几乎都是独自一人，他（她）们也记不住老伴的年龄，仿佛老伴以及老伴代表的情感似乎不再需要了。但真的不需要吗？从两个老人脸上的表情可以看出，在这一刻，他（她）们的内心是温暖的，觉得周围也是美好的，而且恍惚地，这两种"好"也会持续，只因为、只因为握住了老伴的手，就觉得心里很踏实，这种踏实的感觉在其他老人身上很难看见……这两个老人真的很有福啊……

其实，出现这一幕真的不容易，它需要许多条件：其一，两个老人都是脑萎缩，都有点糊涂了；其二，他（她）们都渴望有一份"老伴儿"的感觉；其三：他（她）们的婚姻以及老夫老妻的生活都很幸福，他（她）们在彼此糊涂相认的一刹那，找到昔日的美好感觉，这些条件都具备，多不容易啊！

但这一切就真的发生了！

而有意思的是，他（她）们在分开后似乎又清醒了些，并没有要求和老伴住在一起，也没有有意去找老伴儿，仿佛在他（她）们糊涂的世界里还保留一个清醒的意识：我的老伴儿，他（她）只坐在大厅里，只在那里等我，只有到那里才能找到他（她），然后握住他（她）的手，高兴地说一会儿话……

那么有趣的趣事

有一次和"俄语奶奶"聊天，说起她的一个老朋友，她突然很兴奋地说："她长得好看！"

"是吗？她长得怎么好看啊？"

"她……她……"奶奶犹豫着，然后大喊一声："像人！"

奶奶的标准如此之"低"。

有一天，我给"欢乐奶奶"读报纸，其中娱乐版头条的内容是某明星怀孕后不太高兴，因为狗仔队让她不得安宁，我并没有念这个新闻，但奶奶能认出大标题的字，口里就嘟囔着："×××怀孕不高兴，为什么不高兴呢？"

一时间我不知道该怎么给她解释，而奶奶想了想，说了一句："我知道了，肯定是她怀孕了，单位知道了认为影响工作，对吗？"

看她认真而又肯定的样子，我只好点头说"是"，于是，奶奶叹了口气说："这真是一个不合理的事情，做女人怎么能不生孩子呢？单位怎么这么不通人情呢？这样的单位领导就该批评，不，应该撤职！"

一天，一个奶奶对我唠叨："人怎么活这么长呢？"

我说："现在生活好了，都活这么长，据说全国八十岁以上的老人有一千万呢！"

"不对，不是生活的问题，怎么活得这么长呢？我估摸是天短了"

天哪，天短了？

有一次，还是这个奶奶，还是说寿命长短的问题。她给我讲了一个故事，是她听人说的，说在某省有一个老太太去世了，已经送进太平间了，结果她是假死，在太平间活过来了，就又送回家。但村里人都不相信，就都去她家看，后来邻村的人也要来看，这个老太太的儿子就想了个招，在门口收费，来一个收一块钱，结果，老人在屋里躺着，家里就有固定收入了……

她在说这个故事时，一边说一边乐，后来笑得腰都弯了，那是我第一次见她如此痛快地大笑……

有一次，我给"俄语奶奶"读报纸，其中一条新闻是北京警方严厉打击地下钱庄。我问奶奶："奶奶，您知道地下钱庄是做什么的？"

"就是……就是在地下挖个洞，把钱放进去。"

说完这句，她一歪头，用眼一斜我："这个都不知道吗？"

医院走廊里，一个九十岁的奶奶问路过的八十多岁的老爷爷："我妈在你那吗？"

爷爷转头，对她平静地说："没在。"

同样是这个奶奶，我问她："您母亲有几个孩子啊？"

"我是第一！老大！"说这话时，奶奶伸出大拇指在我眼前晃着。

"然后呢？"

"然后是我哥哥，老二。"她说。

以下是我与"佛奶奶"的对话：

"奶奶，你看我有多大？（在平常人眼里，我比实际年龄小一些，甚至有许多人说我二十六七岁）"

"你看着和我二闺女差不多，也就三十七八吧！"

天哪！

之所以喊了一声"天哪"，不仅因为她对我年龄的独特判断，还在于：她的二女儿实际已经六十多岁了呀！

我问她："奶奶，你说，旧社会好啊，还是新社会好啊？"

"当然是旧社会好！"

"为什么？"

"旧社会我男人还活着，都是他干活……"

路上，那个让我尊敬的奶奶

去医院时我一般会坐地铁，然后下地铁，再走上十几分钟就到了。就在这十几分钟的路上，有时会看见一个步履蹒跚的老人，她个头不高，圆脸，头发并未全白，脸上皱纹横生。她已经七十多了，她几乎每天都到这个医院来。

有时看她那样走着，我很想过去搀她，真的怕她摔倒。

来这个医院看病人的家属很多，这些家属中，她的年龄最大。

而她，不是来看家人的，而是看——老伴。

当我知道她是去看老伴时，我非常惊讶，一个七十多岁的奶奶，一两年来风雨不误，每天都这样一步一步向医院走着，这、这是怎样一个情景啊……

我特意去看了一眼她的老伴，他鼻子上插着管，躺在床上，没有什么反应。护工告诉我他已经不能说话了，意识也不清楚了。

"但他知道我来！"奶奶有一次对我这样说。说这话时她的脸上有一种笑容，这笑容就好像她不是在看一个重病人，而就是回家去看自己的丈夫。

我问她："奶奶，您天天这么来太辛苦了吧。"

"没事，别人来看他，他也不认识，我来，他知道。"

这一句话说得我鼻子都有点发酸了，我还是忍不住劝她："那您一周来一趟就行，现在是冬天，路还滑。"

"我走路慢点就行，哎，每天，只要来了我就安心了，以后还能看见几次呢？"

很多次，我都想看看这个奶奶与老伴在一起的情景，但又觉得有点不妥，那一刻对他们来说不但重要，而且真是屈指可数的次数了，每一次都那么珍贵，我还是不打扰了。

但我忍不住"想象"着，奶奶坐在爷爷身边，握握他的手，对他说"我来看你了"，也许还有什么隐秘的话，或者只是叙叙家常，像以往两人在家中那样……说完后，再让爷爷的躺姿舒服一些，就准备回去了。

其实，这么长时间以来，我相信她几乎听不到爷爷的话，或者她也不说什么，只是坐在爷爷旁边，屋子里也很静，两人无法交流，或者说，不用交流，就这样坐着，对她来说就意味着一切。

对这位奶奶我非常尊敬，每次在路上看见她，我都会对她说："奶奶，走路小心！"而走过她时，再看见路上的其他行人，偶尔我会想：你们知道这样的一对老夫妇吗？白头偕老，实际上是白头偕"病中的老伴"啊，你们能做到这一点吗？我们能做到这一点吗？并且一直……像他们那样……

"妈妈，你能走，再大胆走一步"

夏天的时候，在医院院子里，我经常能见到一对母女，母亲看着有七八十岁，女儿也有五十多了，她们之所以能引起我的注意，是因为她们的"动作"很特别。一般子女来这里看老人，大都是老人坐轮椅，孩子推着轮椅散步，或者坐在轮椅旁陪老人说话。但她们不是。

她们的姿势是：母亲站着，艰难地站着，随时都要摔倒，女儿在她后面，双手从母亲的腋下穿过，托住母亲的双肩，口里说着："妈，你能走，再大胆一点，走一步。"

这位五十多的女儿，在帮助七八十岁的母亲做锻炼，锻炼——行走。

说实话，这位女儿做得非常艰难，母亲站立起来时立刻要往下倒，女儿在后面托住，用了很大的力气，只两三分钟她就流汗了。而她如此费力和鼓励，母亲也只能往前迈上很小的一步，而且迈两步还退一步。退的时候，母亲的身体压在女儿身上，女儿也要倒下，但她硬往上挺着身子，再向上托着，口里还是说着："妈，你能走，走一步。"

在说这些的时候，她脸上始终是微笑的表情，偶尔还换了鼓励的词汇："走得真好，真好，好样的，再往前一步……"

母亲在这样的鼓励下微微后仰着头，一小步一小步往前挪着，偶尔也能快走两三步，但是那样的话两人又要一起前倾，女儿就得抓紧母亲……

这样的场景我多次见到，两人在院子里就这样走着，许多人在看她们，但女儿并不为所动，她的眼中真的只有她的母亲和她的脚步……

有时我看着这一幕，脑中会出现另一种场景：几十年前，正好相反的，母亲扶着还是婴儿的女儿在走路，口里也说着那些话："走得真好，真好，好样的，再往前一步……"

几十年后，是我看到的这一幕。

人生与爱，都在轮回。

笑开了花

那是一个奇妙的时刻……我去医院，五位老人在大厅里对着一个电视练唱卡拉OK，两个奶奶三个爷爷，五个人都九十多岁了，他们受邀请参加一个电视台的节目，他们唱的歌曲是《红旗飘飘》。现在，是在练习。

卡拉OK里不停地放这个歌，让老人熟悉旋律，之后是护士在他们耳边大声唱着，带着她们唱，渐渐地，一个有点抖颤也不连贯的歌声很"抢戏"，那是"欢乐奶奶"的！"欢乐奶奶"的表情很专注，微微有些紧张，当歌曲进入间奏时，她一歪头，看见了我——看见了我！噢！那一刻她的表情我将终生难忘，是瞬间的近于爆发的灿烂的笑容，我真的知道什么叫"笑开了花"，她眼睛眯着，脸上肌肉因为笑得有点过猛有点抖，嘴巴张得很大，最重要的，她这同一种程度的笑容，竟保持了十几秒钟，和我这样对笑着，连唱歌都忘了。那一刻我就觉得，这是一个多么幸福的老人啊！是的，这是一个非常非常幸福的老人，而几乎在同时，一个念头在我心里一闪：对这种笑容、对老人的笑容，这两年来我好像也做了不少"贡献"啊！包括为她解决的那些苦恼，噢，那一刻，我突然觉得自己也可幸福了，这种幸福也呈现在我的笑容中，呈现给我可爱的"欢乐奶奶"……

第十四章

高危老人的生命发现（四）

暗补

对这些老人来说，最重要的是快乐，他们获得快乐的最基本方式就是"有人对他（她）们好"，当一个对他（她）们很好的人出现在面前时，他（她）们的快乐迅速而直接，仿佛之前即使在世上最大的痛苦中，现在也到了最欢乐的时刻，心灵的地狱、天堂，一念之间瞬间转化。他（她）们的心灵真的像一方净土，上面撒一粒种子，会瞬间疯长，几秒钟就能结出欢乐的果实，这是老天对他（她）们各种衰退机能的一种补偿，这种补偿让我一次次惊讶。

比如有一次我去看一个奶奶，她坐在床上，两眼无神，目视前方，像一棵老树，但当看到我时，她的腰一下挺直了，脸上刹那间笑开了花，同时还拍起了巴掌，口里不住地说着："你来了，你来了，来看我了！"

这一幕真的很让我感动，我想，当上天剥夺他（她）们快乐的数量时，却给了他（她）们快乐的质量，让他（她）们快速地拥有快乐，这就是一种暗补吧。另外，他（她）们的快乐有时并不需要内容，只是看到你就足够了，不需要你说什么有意思的事情，也不需要你有特殊的表示，只是要看到你，看到你从远处朝他（她）走过来，快乐就在他（她）们心中酝酿，待你走近时就一下爆发，爆发时他（她）们忘了一切，只记得这一刻，她高兴、你高兴，大家都高兴！

枯手与怀抱

对这些老人，不要去可怜他（她）们，同情他（她）们。

面对他（她）们时，同情的情绪总会不由自主地冒出来，但这一点真的是对他（她）们的——不尊重，他（她）们有自己的思维方式以及生活方式，这些方式被他（她）们虚弱的外表以及智力退化的大脑所遮蔽。他（她）们给人可怜巴巴的感觉，但他（她）们并不可怜巴巴，他（她）们按照自己的方式认真地生活，认真地烦恼，认真地高兴以及恐惧，他（她）们的眼睛告诉你，他（她）们的内心在正常地活动，他（她）们是一群在心灵意义上最正常的人，你可以淡视他（她）们的身体以及脑力，但不能淡视他（她）们的心。

他（她）们是孩子，老小孩，与其说我们走进老人院，不如说我们走进了幼儿园。他（她）们的目光虽然混浊，但却是简单的，仿佛一些孩子非常困，睁不开眼；他（她）们相信所有人都可能对他（她）们好，只是不敢主动与外界接触，一旦你与他（她）们说上几句，他（她）们就把最真切最秘密的话都告诉你，对他（她）们来说，这是一种习惯，是固定的生活方式，他（她）们怕你不听，抓着你的手，紧盯着你的眼睛……被这样一双干枯的手抓着，被这么老迈的眼睛盯着，你又怎能不去听？更何况，他看你时真的仿佛这个世界都不存在，只有你一个人，连你自己都觉得这个世界只有你和他……

偶尔，这种感觉让你有种莫名的感动，让你突然感谢上天让你遭遇这一双枯手，这混浊的目光……

在这一刻，你清晰地看到内心中某个柔软的地方在扩大，不断地扩大，扩大到想帮助这个医院所有的老人……你甚至觉得有什么在生长，那是自己的善良与责任，它们在这些老人身边也在长大，大到像一个怀抱，抱住了他（她）们，又抱住了自己……

我多大了

老年痴呆的老人，许多人都不知道自己的年龄。

问一个奶奶："您多大了？"她皱眉想了一下，说："我多大了？哎，不管，爱多大多大。"还有的人想都不想地说："五十多了，五十多了，还不太老。"实际上她已经九十多了。

还有人说自己二十多岁，我就提醒她："那你母亲多大了？"她想了想，回答说："她二十多岁了。"

我顺势问着："你母亲二十多，那你怎么也二十多呢？"我想以这种方式让她有所思考，这时我看见她脸上的表情是犹豫、狐疑、思考、甚至有……痛苦！她半低着头，脸上的肌肉紧绷着，还摇了两下头，我平生第一次看见一个人为自己的年龄痛苦。我忽然陷入深深的自责，我不该这么追问，她虽然糊涂，但还在她自己完整的自成体系的世界里，那里在外人看来是荒缪的，但却是她在尘世中最真实的也是唯一的"家"，而我的问题把那里弄乱了。

我不再追问她这个问题，只是顺着她说道："噢，那还年轻着。"

"是的，不老，还不老。"她一脸的释然，嘴边有淡淡的笑。

从那以后，凡是在问年龄时，如果他（她）们的回答与实际年龄差别很大，我就不再说什么，如果就差个十岁之内，我会把真实年龄告诉她，这时他（她）们没有痛苦，只有惊讶："噢，都九十多了！"有人会一撇嘴："哼，差不多！"

后来我发现，年龄对他（她）们来说，是一个有关自信与自尊的大问题，即一旦他（她）们说不出自己的年龄，就会觉得自己老了，所以后来，索性连十岁以内都不纠正了，愿意多大就多大吧，于是，就有了我和一个奶奶以下的对话：

"奶奶，您今年高寿啊？"

"我……一亿岁！"

"一亿……有那么大吗？"

"其实都一亿多了。"

这个奶奶不是在开玩笑，她并不知道一亿岁有多大，只是觉得这个岁数应该很大，喊着顺嘴，就这样说了。

那好，一亿就一亿吧。

（提醒：对高龄老人而言，年龄的真实性不重要，甚至许多东西的"真相"都不重要，维护他（她）们的自信与自尊更重要。）

那人是谁？

这些得了脑萎缩的爷爷奶奶，其实都有自己的逻辑，他（她）们大都生活在重新秩序化的世界里，身边的人都不是我们眼中的角色，在他（她）们那里有新的角色，比如——这位快百岁的奶奶。

这个奶奶身体已经缩小，脸也抽巴，但头发竟有一半是黑的，所以我称她为"黑发奶奶"。

她一直以为这个病房就是她自己的家。她告诉我，："这就是我的家，那个人（护工）是我儿媳妇，我女儿上班去了，晚上就回来。"

我看她十几次，每一次，她都是这样说的。

她的女儿一周来一次，但这一周在她那里只是一天，而女儿真来时，她倒不认得了。别人问她："这是谁来看您？"她看了看女儿，想了想，说："是我姐。"

她的病房原来有两个奶奶，很快她们就有了新的角色。"黑发奶奶"告诉我："一个是我的妈妈。"

"另一个呢？"

"另一个是我姐姐。"

后来又住进来一个老人，就住在她的对面，她就有些糊涂了，她一时无法把对方纳入她的"家"中，有一段时间里，她总爱盯着对方的奶奶吃饭，紧盯着对方看，同时还发表评论："看，多能吃，看她吃的"。她一边看对方吃饭一边也在观察对方，要弄清为什么有个人跑到她的家里来，而她的"儿媳妇"对这个奶奶也不错。有一天，她终于"明白"了，她很兴奋地告诉我："我刚明白，那个人，原来是我儿媳妇的妈妈。"

这个人的角色固定后，病房重新恢复了平静，她的内心重新恢复了平静，她又可以在"自己的家里"过她的快乐生活了。

有一段时间，也是我刚做志愿者的时候，我还试图去改变他（她）们的逻辑，但后来我就明白，对他（她）们的逻辑应该充分了解、充分尊重。

他（她）们有自己的生活，那种生活是不是真实的并不重要，重要的是，他（她）们只有这一种生活可以过，因此，那就和他（她）们的生命——同样重要。更何况，那种生活，还带给了她快乐和幸福。

（提醒：让自己按他（她）们自己"想象"的生活过吧，即使很糊涂，只要他们能够——获得平静，有平静，才有快乐。）

"偷牙"

有时觉得，这些高危老人是个大湖泊，在湖下面不知道会滋养出一些什么样的海底生物，真正沉下去以后，会给人一次次的惊讶与惊喜。

一次，一个奶奶在走廊无缘由喊着，另一个奶奶在旁边听着很烦，很生气。我和生气的奶奶聊天，问她："奶奶，你为什么没有带假牙啊？"

"就是她！"奶奶手一指那个大喊大叫的奶奶："就是她把我的牙都偷走了，一颗一颗地偷。"

"是她吗？"我忍着笑。

"就是她，我还准备向她要去呢！一颗一颗都得还给我。"

我几乎无法理解她大脑思维的速度，这种反应连健康人也没这么快呀，不仅把别人的一句问话迅速地与一个讨厌的人联系起来，并且在表述时还有适当的延伸，噢，这是怎样的一种思维啊！

奖励饺子

有一个事实确实可悲，就是爷爷奶奶有时会不认识自己的孩子。

有的奶奶对着儿子叫"弟弟"，而"弟弟"淡淡一笑，明显地他已经很习惯了；有的奶奶想自己儿子名字时会把自己父亲的名字安上，因此有一段时间我并不太清楚那个名字到底是她的儿子还是父亲；有的奶奶叫得出孙子名字，但叫不出儿子名字……

一般来说，这些老人的孩子们都已经接受了这一点，他们表现得都很平静，有时也就一笑了之。但我知道，他们在父母刚出现这种情况时，内心一定有着巨大的痛苦。也许在他们看来，这是父母真正苍老的标志，以往那种苍老他们能够接受，仿佛自然规律的一部分。现在的"老"是他们恐惧的，他们一下觉得自己的父母好像被推进另一个世界，在那里，血脉亲情以及这一亲情的力量都被弱化，他们觉得抓不住父母，父母在另一个世界里更加孤独……这种感觉我相信这些已经六七十岁的"孩子们"都会有，他们一定也曾努力地想让父母认出自己来，或者永远地认出他们来，这种永远是他们对父母几乎最后的带有期望性质的要求，只要能认出他们，他们就觉得父母还和他们在一起，还在亲情的温暖中，还在自己有所帮助的范围之内……

但事实是，父母还是不认识他们了，而且长时间地不认识他们了，甚至偶尔认出一次对他们来说反成了惊喜。

有一次，在医院院子里，有一个奶奶在轮椅上端坐着，我问她的年龄，她说的年龄好像还比较靠谱，我就认为她应该很清醒，但再问下去就不对劲了："奶奶，您以前是做什么工作的？"

"我，我和里根在一起工作。"

我一愣，随即问道："哪个里根？"

"好像是个大官"

"那是什么工作呢？"

她明显在仔细思考这个问题，但越想表情越痛苦："做什么工作呢？"她想着，最后冒出一句："和里根这么大的官在一起工作，应该是挺重要的工作吧。"

我不再问了，我知道她也是脑萎缩患者。这时，她冒出一句话："我女儿来了。"

我一回头，看见一个五十多岁的女士端着一个饭盒走过来，她走到近处，我发现饭盒里面是热腾腾的饺子，她可能看见我和奶奶聊了好几句，她就问我："她说我是她什么人？"

"她说你是她女儿。"

"真乖。"这个女士立刻喜笑颜开："今天没糊涂，认出我来了。"然后她拿起一个饺子，送到老人嘴边："来，妈妈，张嘴，奖励一个饺子！"

（提醒：父母不认识自己，是最大的自然规律，对此平静接受，一旦被父母认出，自己又有惊喜，这种心态，很重要。）

老人游戏

有一位奶奶有一个特别的爱好——打蚊子。

不是怕被叮，而是很"喜欢"打蚊子。即使护工要帮她，她都不干，执意要自己打。后来我发现，实际上，这对她来说是一个非常好的锻炼方式！她要跟踪蚊子，并且要"眼手一致"，出手命中，这就很锻炼她的反应和协调能力啊。另外，一旦打死一个，心里还非常高兴。对于生活单调的老人来说，这真的已经成为一种娱乐了！

说句实话，如果谁能为不同年龄段的老人发明——适应他（她）们体力脑力的娱乐方式，那绝对是功德无量！"功德无量"四个字一点也不夸张，比如，一个九十多岁的老人，她只能躺在床上，甚至坐起来都很难，这种情况下，如果她有一个娱乐的方式，每天都做点什么玩意，并且还有一点"越玩越难也越快乐"的"趣味"，这对调节他（她）们的心态有着巨大作用，都把他（她）们比做老小孩，那么我们无法想象——什么样的小孩是没有任何游戏的！

一个游戏，对孩子来说是必须，对年轻人是娱乐，对中年人是偶尔的消遣，他（她）们都有足够的"外界刺激"来弥补"游戏不足"的缺憾，但这些老人已经没有这个本事了。他（她）们只能靠自己了，而游戏，将使他（她）们获得必要的珍贵的生命活力，就像他（她）们围成一圈简单地简单地如此简单地传球，他（她）们就非常高兴了，激动了，乐此不疲了。

谁能让这些八十岁以上的老人玩起来，谁将对这个世界乃至全人类做出巨大贡献！

第十五章

脑萎缩特别严重的老人

经常有人问我，和极其严重的脑萎缩老人交流，是不是很难？

我会说：有点难，但用心，一样不难。

你住哪？

新认识了一个奶奶，不确定她叫什么，她说了一个名字，但说了两个，不太统一。

她和我有着以下的对话：

"你是大学生吗？"

"我……不是，我工作了，奶奶。"

"你住哪？"

"我住在石景山区的古城。"

"古城在哪？"

"在西边，您这是在东边。"

"噢，很远啊……哎（她拍拍胸口）我不高兴。"

"为啥不高兴啊。"

"在这我看不见自己的父母，一个人，看不见自己的父母多可怜啊。"

这个奶奶已经八十多了，她怎么去看父母，父母又怎么可能健在？我开始怀疑她是不是脑萎缩，就下意识地问了一句："奶奶，你的父母住在哪啊？"

"住在我们家啊。"

"您家在什么地方啊？"

"在……在……石景山古城。"

这话几乎让我吓了一跳，随即又想笑，但又有点心酸，这位奶奶的脑萎缩程度非常高，她的记忆几乎完全空白，她完全在以刚刚听到的一切填充她的世界、组织她的世界。

几天后，下午四点多，我来到医院，在大厅的角落发现了"古城奶奶"。她坐在轮椅上，架着二郎腿，显得很悠闲。我刚要走过去，有一个中年男子抢在我前面握住她的手，他是到这个医院看望父亲的，现在要回家，看见"古城奶奶"，就过来说几句，而我也就听见他们以下的对话：

"你叫什么名字？"奶奶问。

"我叫王伟。"中年男子说。

"噢，你叫完美。"

"不，是王——伟。"

"噢，是王——美。"

"奶奶，您最近怎么样？"中年男子开始转移话题。

"我挺好的，就是觉得吃什么都不香啊。"

"那您看别人吃东西香吗？"

"香。"

"那你就抢他们的东西吃，他们不给，你就也不让他们吃。"

"噢。"

"奶奶，你愿意喝酒吗？"

"能喝一点，但不敢多喝。"

"没什么不敢多喝的，你想想不是有这么一句话吗？今朝有酒今朝醉，还有一句是人生能有几回醉，多喝，没事。"

这之前我都是笑盈盈地听两人聊天，并且还挺佩服中年男子与脑萎缩老人的交流能力，但越到后来就越紧张，老太太马上要变成酗酒如命、乱抢别人食物的老刁婆了。我赶快用一些方式转移奶奶对这个男子的注意力，比如稍用力握她的手，用目光吸引她的目光，终于她开始直直地若有所思地看着我，也和我说话了，我立刻热情和奶奶攀谈起来……见我俩聊起来，中年男子只好告辞了。

这个下午，我挽救了"古城奶奶"，没有让她"走上歧途"！

有人要害我

"古城奶奶"长得很……方，戴着个小方帽子，脸也是方的，整个身体已经缩小，但也是一个大致的小方形似的。

"古城奶奶"很懂得"享受"。有一次，我在病房和她聊天，她忽然让我把她的轮椅往床边推一下，我不知道她要干什么，而我推过去时，只见她抬起双脚，把脚搭在床边的栏杆上，这样她就很舒服地和我聊天了……

但她还是很糊涂，她问我："今天是星期几？"

"今天是星期日。"我说。

"噢，那明天就是礼拜天了。"她说。

她告诉我，她是个高中教师，教课一直很认真，现在在这里是因为正放暑假，而不是不上班，过几天，她就回去上课了。说完这话，这位八十多岁的奶奶目光中流露出对未来一种憧憬的眼神。

和她有了几次接触后，她对我有了印象。几天后，我路过她身边和她打招呼。她一眼就认出了我，她向我招手，我走过去，她稍低了头，压低声音对我说了一句：

"这里有人要害我。"

她的表情不是惊恐，而是近于平静，甚至有一点自己看出危险的得意。

"奶奶，不可能吧？"

"这里有人要害我。"她重复了一遍。

对待这样的老人我已经有了经验，我蹲下来，笑着问她："奶奶，你知道这里是什么地方吗？"

"这里……不知道。"

"这里啊，是医院，是救人的地方。"

"是吗？这里是医院啊！"

"奶奶，你说，医院怎么会有危险呢？您就放心吧。"

"噢……"

"而且，这里还是个疗养院，是您孩子把您送来疗养的，您儿子送来的，还能有什么危险吗？"

"噢，是疗养院啊！"她一脸如释重负的样子。

我觉得说得差不多了，就要起身告辞，而她一把抓住我，狠狠地抓住我。这一抓我是领教多次的，别看这些老人看上去弱不禁风，但真正表达他们最迫切的愿望时，其身体爆发出的力量是惊人的。

"你别走，我给你说件事。"

"什么事？"

"这里……有人要害我。"

她的表情和第一次说时一样……

我知道，不是她不相信我说的话，多半是仅仅十几秒钟，她已经忘了我们的交谈，这也是很正常的，她只记得根深蒂固的念头。

这时，她用手指了指斜对面的一个屋子："那里，要在那里杀我。"

我想了想，决定让她直面"现实"，我转到她的轮椅后面，打开轮椅的刹车，推着她往斜对面那个病房走，她很害怕，口里连连说着："不去，不去……"

但进了病房，她一下子安静了。因为，她没看到她设想的杀人工具，相反的，那里和她的病房是一样的，也有几张床，有几个病人躺在床上不能动，也有一个护士在那里发药。

我说着："奶奶，您看，这里是医院，她们在治病。"

"啊，这里是医院啊。"她突然加高了声音，仿佛要让许多人听到似的，而我一把她推回走廊，她又恢复了凝重的表情。不知为何，我总觉得刚才那一喊是她的一个计策，是想说，现在，没有人要害我，以后也别想害我，我已经有了警惕了……

从那以后，她不再说有人要害她了，她认为自己——安全了。

（提醒：让他（她）们"直面"想象中的"恐惧"，眼见为实，效果会好一些，否则他（她）们会一直在恐惧中。）

后来，我忍不住揣摩她的内心，我觉得她好像有一种很强大的定力，这种定力让她能够最终释解刚来时的恐慌与不解，方法是始终想着自己该怎么办，并且"考察"来和她说话的那些微笑的人，看对方是否值得信任。

比如，她对我还算信任，但从一开始就在打听我住的地方以及来这里的目的，即便我们已经很熟了，之后的见面也是下面这个样子：

她看见我，眼睛一亮，但并不像其他老人那样喊我，而是目光似有深意。然后，当我俩单独相处时，她会突然一把抓住我的手，但也不说话，只那么眼巴巴地看着我，半晌后，非常小声地对我说"别忘了到我那里去"，整个情形好像打入敌人内部的地下工作者接头，见了面不能明说一些东西……

如此的有点神秘的气氛，让我们的交流得以继续……这种情况持续了快一个月，她才敢于大声邀请我去她"家"（病房）做客，并且一定让我说出具体几点钟，才松开了她的手……

她对我，对这里，终于信任了。

"您儿媳妇在家呢！"

另一个脑萎缩比较严重的奶奶是"居家奶奶"，她已经九十岁了，河南人，长脸，总是郁郁寡欢的。

她始终不知道这里是医院。有一次我问她："奶奶，这是什么地方？"

"这是……"她四处看着，一脸狐疑的表情："这里就是住家的。"

说完，她笑了，笑得很……纯粹，甚至，有点感染力。

在她眼里，这一个个病房，就是一个个住家，而其他屋的

"都是邻居"。不过有一段时间，她一直没弄明白屋里两个重病号奶奶是干什么的，她似乎不喜欢她们，就经常一个人呆在病房门口，坐在她的轮椅上。

她不出医院，也不到院子里。有一次，她被推到院子里晒太阳，护工刚走，她就自己往回推她的轮椅，但她推不上门口那个斜坡，就在楼门口推着轮椅不停转圈。我问她为什么着急上去，她大声喊着："家里没人，没人看家，该进去坏人了！"

我只好摸摸她的头，对她说："奶奶，等我一下，我进去看一下，看你家儿媳妇在不在家。"

儿媳妇就是护工，在"居家奶奶"眼里，护工为她打饭、洗衣，"应该是儿媳妇"。

我假装进去转一圈，然后笑着出来，走到她面前说："奶奶，您儿媳妇在家呢，她在家看家呢，您就放心吧！"

她也许听信了我的话，也许转轮椅转累了，就不再动了。

有一次我问她这是哪里，她又说这是学校，因为有许多大学生志愿者在她身边走来走去，而那些穿白大褂的护士就是这里"做饭"的，因为她们手里总端着东西，应该是吃的，尽管实际上，她们端的是放药品的托盘……

她还恨我吗？

"居家奶奶"有一个不好的毛病：某一时刻，突然发脾气，尤其对我。

我跟她已经很熟了，她对我的意见也就更大。

她被推到院子后，护工怕她自己乱推轮椅摔倒，就用布条把轮椅同后面的树固定在一起，于是，我常看见一个场景，就是她不停地推轮椅，但轮椅一动不动。这时她看我还在看着她，就对我招手大喊让我帮她，帮她解开后面的布条，但我不能那么做。于是，当她向我招手时，我立刻把头扭过去，装做看不见，她就在后面对着我的后背大喊，不停地喊，其中也包括："看不见啊！看不见啊！"

我不能看见，心中说着"对不起"，有时对老人的某个要求，必须狠下心来，他（她）们需要关怀，更需要"有纪律"的关怀，后来，她不怎么喊了，但已经生我的气了，因为最后她的车被护工推回医院，路过我时，她对我大喊大叫，偶尔也夹杂着骂人的字句，护工赶快把她推走了。

对此我倒并不在意，我唯一担心的是她会不会记仇，不再理我，我不知道第二天见她时，她会是什么反应？

第二天，我再见到她时，心里非常紧张，但没想到的是，她竟然热情地和我打招呼，并且继续说着以往常说的那些话，丝毫看不出昨天的愤怒。

她不是不记仇，而是"忘记"了。是的，昨天的事情她已经忘记了，甚至连昨天孩子来看她她都忘记了。对于这个忘记，我不知道该替她难过，还是替自己庆幸，不管怎样，我至少知道了一点：永远不要担心脑萎缩老人的愤怒，她（他）们，总会忘记的……

"要债老人"

在这个特殊的医院，需要奉献的是爱心，而不是钱财，这点我深深体会到了，因为在这两年多时间里，我一共只"损失"了一元钱，就是因为"居家奶奶"。

这天，我到医院去，在走廊看见了从不离开家门的"居家奶奶"，看她一脸愁容，我就过去问："奶奶，您为什么不高兴啊？"

"哎，我好可怜啊，太可怜了。"

"怎么可怜了？"

"我想买点菜都没钱啊"

"不是儿媳妇买菜吗？"

"她又不知道我爱吃什么菜，哎，就是可怜，想买菜都没钱。"

好在她要买的是菜，好在她一直以为现在是20世纪六七十年代，我就从兜里拿出一元钱放在她手上："奶奶，您就用这个钱买菜吧。"

她明显很高兴，把钱还折叠了两下，握紧在手里，然后就不再提可怜的事情了。

和我相比，一个医生的损失就大了，他损失了十元钱。

"居家奶奶"经常抱着弃婴羊羊玩，而她一直很生气的是："那个孩子是我抱大的，为什么一直没人给我工钱，都拖了一年多了。"

一开始，大家都不把她的话当回事，她也是一阵提一阵不提的，但有那么几天，她好像把这件事彻底想起来了，就一直说这件事，并且开始付诸行动。她开始找一个医生，一看见那位医生就喊："哎，你还没给我钱呢？"

她要"债"的方式很文明，始终都笑呵呵的，医生也笑呵呵的："下次给你。"

她明显不满足于下次。有一天她在院子里晒太阳，看见医生，就立刻推着轮椅过去，对医生说："还没给我钱呢？"

医生没有办法了，从兜里掏出十元钱，放在"居家奶奶"手里，说："好了，工钱给你了"。

"好！"奶奶兴奋回答，并且把袖子挽了两层，把钱放到挽起的夹层里。

但这事没完，奶奶过两天又想起了工钱的事，但她想起的仍然是医院没给钱，又一次向医生要"债"。我一看这可不行，就开始和她谈判，谈工钱的事。

"奶奶，医生都已经给你钱了。"

"没给，没给！"

我无论怎么说，她都说没给。我灵机一动说："那天我亲眼看见了，你还把袖子挽起来，放袖子里了，想起来了吗？"

面对这个细节她想起来了，或者她认为这应该是自己的举动，自己可能是忘了，于是她终于说出这样一句话："给就给了吧。"

（提醒：记住老人在脑萎缩状态下特殊的语言动作以及表现，在某些时刻以这些表现去劝慰，会比较相信你的话。）

她们知道我来过

中国首部高危老人深度关怀笔记

第十六章

骄傲的"桔子奶奶"、哭泣的"口音奶奶"

最后一拍腿

"桔子奶奶"快九十岁了（每次见她，她都给我桔子吃），她最喜欢做的一个事情是：向别人夸奖她的孩子。

无论谁和她见面，她总能很快说到自己的大女儿，而过渡的方式也很"自然"，一般是这样的："你是哪个大学的？我女儿也在大学，她是教授……"说完大女儿的优秀再说二女儿，说二女儿工作的重要以及出国经历……说这些的时候她的表情很平静，仿佛只是在陈述事实，但那个表情中有一种……是什么呢？就像是一个教授在给学生上课，表情也很平静，却有一种知识上的尊严和荣耀。

　　另一个有趣的事情是：她的孩子给她带东西时用了一个大大的兜，兜子上面有女儿单位的名字，那个单位在许多人看来确实很重要。于是后来我发现，她总是把那个兜放在床边，竖在床与墙交界的地方。有一次我看见有一些东西把这个兜挡了一下，把那一行字给挡上了，她就把挡的东西拿走，再露出那行字。

　　她与人说自己的孩子时，最后一个动作是一抬腿，一拍腿说："这个裤子是孩子从国外给我买的。"这个动作我印象很深，后来就越来越深，因为有七八次我看见她和大学生在交流时，最后一个动作就是一抬腿。一拍腿说："这个裤子是孩子从国外给我买的！"

　　她为孩子一生的成绩感到骄傲，而她每天都很有精神头，因为她盼着有人来，这样就又有人知道她孩子的优秀以及对她的孝顺。她让我惊讶地发现：原来，一个老人真的可以在孩子们的成就中——骄傲快乐地度过每一天……

　　骄傲，快乐，以及每天莫名的期盼，那是她的孩子在一生中无意留给她的最珍贵的礼物……

该吃桔子了

　　很平常的一天，我走进医院的院子，看见"桔子奶奶"坐在轮椅上和两个同学说话。奶奶看见我后，推着轮椅就过来了，递给我一个面包，以命令的语气说："吃了它，吃了它！"

　　她每次给我吃的时候都是这样说。

我心里笑着，用手做着拒绝的手势，口里说着："奶奶，我不吃！"她又连说了两次，都被我拒绝了。我看她面露不快之色，赶快把她的轮椅一转，让她背向我，然后推着她，在院子里散步。

"桔子奶奶"非常喜欢我推着她在院子散步。推她的时候我也不累，甚至有些悠闲，尤其春天的时候，天气很好，小风吹着，我还悠哉地唱着歌，心情也很快乐，因此到后来反倒是我主动去推她，这种感觉就像是……像是在与亲人一起散步，而不是在作一种关怀。是的，你如果把关怀当做生活的一部分，这一部分又契合着你喜欢的生活内容，这会增加你做志愿服务的乐趣，把助人之乐与"生活享受"合二为一，那种感觉妙不可言……

而奶奶，她最高兴的事情就是告诉我，过了这么多天之后，旁边的一些植物以及场景的变化，包括最细微的一些变化，比如，这个树的枝杈少了，这个地方又多了一个箱子等等。她仿佛是一个新闻工作者，兴奋地进行她的"报道"工作，这个报道唯一的听众就是我。从某种意义说，我也没有注意听她在说什么，她有时问我两句，如果我没有回答，她就自己点点头，笑一笑，然后继续饶有兴致地四处看着……

推她一会儿之后，她一般会四处看，一旦我推到一个人很少稍偏僻的地方，她就会让我停下来，给我桔子吃。这个桔子我是躲不过的，因为她每天都带着两个桔子下来，一个自己吃，一个看见我就给我吃，不吃她就会非常生气。

这一次，没走几步她就又要给我桔子吃，我暂时拒绝了。

我在后面推着她，而她的耳朵非常背，我说什么她几乎听不见，因此，我"发明"了一个手势：如果我认同她的话，我就把手从后面伸到她脸的左侧，做下压的样子；如果我做的手势像抹什么东西似的，就是表示不同意。

这一次，我做了"平抹"的手势，同时在她耳边大喊着说："奶奶，我们等会再吃。"

我推她在院子里转了两圈，她指着一个空的地方，让我推过去。到那地方后，她就在随身携带的塑料袋里翻了一会儿，拿出桔子给我吃，我吃的时候她还看着我，有一种……似乎很满足的表情，那表情让我想起自己的妈妈做好了饭，看我吃时的样子……

有一次，我推她在医院院子散步，在院门口有一些志愿者来了，他们看见"桔子奶奶"立刻围了上来，微笑着与奶奶聊天，奶奶也很高兴和他们一一打着招呼。谈了一会儿，奶奶突然问一个志愿者："你们拿的这么多桔子是给里面的老人吗？"

"对呀！我们是特意买的。"

"那……能不能！给我一个呀？"

"当然可以啊！奶奶，只要您愿意吃，拿多少都行。"

"我就要一个就行，家里的正好吃完了。"

志愿者给了奶奶一个桔子，奶奶就示意我可以走了，我推着奶奶没走几步，奶奶就笑盈盈地把那个桔子递给我，说："来，吃，我给你要的！”

我一愣，说实话，当她要桔子时我有某种预感，但是……她居然真的是给我要的！我立刻拒绝，但我也知道拒绝没有用，果然她又使出她的杀手锏，手握着桔子，举在半空中，我不答应她就不把手放下来……我立刻采取第二个方案，要把桔子分一半，她吃一半我吃一半，但她居然还不答应，一定让我都吃！我都有点……感动了。这个老人，看见我的时候就在想给我桔子吃，以前她没有带的时候，还曾经让我推她到楼上的病房去取，并且扣着我的书本不给我，就怕我不找她，而这次居然为我去要桔子，并且自己一口不吃……我拿起她的桔子，硬掰了一半塞在她的手里，自己跑出三四米远，去吃另一半，而她见拗不过我，也就吃那一半了……

不知为什么，接下来的时间，我推着她走着，我们一路都没有说话，都不再说话，一路的沉默，一路的温暖，一路的感动……

“我从来不打人”

每次看见我的时候，快九十的“口音奶奶”都会喜笑颜开，她双手合十，身子微蹲再起，“上下起伏”着，嘴里说着：“我看见你就高兴！看见你就高兴！”

“我看见您也高兴。”

“高兴，高兴。”她不住地说着。

说实话，她的话口音很重，而且都混在一起，我听不太明白。她说十句我能听懂一句就不错了，和她在一起，我的任务就是微笑和点头，让她觉得我听懂了她的话，并且还很高兴。

今天去看"口音奶奶"时，她兴奋不已。

进她的病房前，隔着窗户，我就看见四五个大学生围着她说话。她坐在床上，大学生有的坐在她身边，有的蹲在她面前……

后来，奶奶这样形容上面提到的场景："他们都喜欢我，都喜欢我，大学生都喜欢我，没有椅子，他们就跪在地上，就跪在地上和我说话。"

把蹲说成跪，她也在向我"显摆"啊，呵呵。

她不停说着大学生跪着的事情，实际上，她说话的特点就是反复强调，不停重复，但她的欢乐与兴奋是实实在在的，也比较有感染力。这时候需要我及时出击，趁热打铁，以强化她内心的幸福感，更何况我还要解决一个她的"问题"呢，我就摸着她的头发说："奶奶多有福啊！大家都喜欢你。"

"是的，他们都喜欢我，都喜欢我。"

"知道为什么喜欢你吗？因为你是好奶奶，好奶奶。"

"对，我是好奶奶，我就是好奶奶。"

"而且最重要的，他们知道奶奶从来不打人，从来不打人。"

"我不打人，我从来不打人。"说这话时我们竟然都转头，看着对面曾经被她打过的奶奶，那个奶奶可怜巴巴躺在床上，目光忧郁，有点紧张地看着我们。她这个样子让我有点心酸，赶快回过头来继续劝"口音奶奶"。

"以后啊，学生们会经常来看你的，就是因为你是好奶奶，不打人的好奶奶。"

"是的，我是不打人的好奶奶。"

我知道"口音奶奶"已经有了变化，因为在以往，她坚称自己不打人时，总是会接着说对面奶奶如何偷吃她的包子，但这一次没说，这说明这件事可能真的要结束了，对面的奶奶也许真的安全了……

后来的事实证明，对面的奶奶安全了。

（提醒：在高龄老人高兴时，利用他（她）比较在意的事情来规劝他（她）的"毛病"，会很实用。）

散步

已经有几天没去看"口音奶奶"了，不知道她现在怎么样了，我相信，她看见我时还是会很高兴，我也愿意牵着她的手在走廊里散步。

她有时糊涂，但有时又非常明白，比如，我说领她去散步，她就指指自己身上，然后挣开我的手，去穿了一件外衣，这样就更体面，也不冷。

她似乎很喜欢拉着我的手散步，而且一边走一边对旁边的人笑。我觉得她在享受一种有人"领着她"的感觉，就像一个孩子被父母领着那样，有一种安全感和安稳感。某种意义上说，我领着她，这种形式上的东西比内容还重要。

我很愿意领着"口音奶奶"走，从走廊这头走向走廊另一头，这个路很长，要走十几分钟。她的步伐很小走得很慢，同时脸上没有任何表情，甚至有点茫然地，别人和她打招呼她也没什么反应，只是偶尔会遇到一个她很熟的管理员，她会突然走向前，一把抱住对方，几乎要亲对方似的，大声地连续说着："找到你了，找到你了，想死我了，想死我了……"一番亲热后她又握住我的手，继续向走廊另一头走去……

在走的时候她会看看我，但仍然没什么表情，最多是目光柔和一点，更多是若有所思，包括走到走廊尽头的窗户前，她目光茫然地看着远方，彻底进入一种沉默与"深思"中。我不知道她在这一过程中究竟会想什么，但她和我走了这样一圈后，她再回到房间内，坐在那里时会一下子就笑了，然后，即使我和她告别，她也不再挡着我，也不再说"你不要我了"之类的话，而是平静地挥手，目送我离去……

我真的很愿意这么牵着她的手走，因为她的口音问题，我听不懂什么，也无法与之深入交流，但这样牵着走，也能给她同样的温暖，这种温暖让我觉得她的状态越来越放松，握我的手也越来越轻。那一刻，我觉得她好像从一个奶奶变成一个孩子……

"我没有那么多房子啊"

"口音奶奶"毕竟也快九十了，糊涂的时候似乎更多。那次我去看她，她先是习惯性地全身上下摆动着，然后就和我说一些我根本听不懂的话，但说着说着，她面露焦虑之色，然后就——哭了起来，哭得非常伤心。我连忙抚摩她的头发，试图安慰她，但没有用，她一边说着一边哭。我就仔细听她的话，试图听懂几句。她的口音很重，说得还快，而且含糊不清，在两三分钟内，我只听清了儿子、闺女、怎么办、房子以及其他几个"单词"。我把这些词在脑子里进行组合，以大概的逻辑继续听她下面的话，终于明白了，原来是她的儿子女儿都要结婚，而她没有两套房子供孩子结婚，不知道该怎么办？（实际上她的子女都快七十了）

她说很对不起女儿，说着说着就又哭了……

我安慰着她，但没有效果，因为她几乎不听我说什么，只是自己不住口地说。我"硬性"终止了她，她听我说了几句，立刻又开始不停地说起来，我见缝插针地劝了几句，还是没什么作用，我几乎有点绝望了。这时我突然想到了自己总结出的"记忆规律"，即：有些事老人自己就会忘记的，我告诉自己，在现在情况下，最重要的是让她不再纠缠这个事，也许过几天，她自己就会忘记。

因此，我又"硬性"中止了她，然后对她说："奶奶，这件事我知道了，你放心吧，这件事就交给我吧，房子的问题我负责解决。"说这话时，我注意观察她的脸色，她的焦虑之情几乎立刻停止了，然后有一丝微笑挤上她的眼角，她非常认真地问我："你真帮我？"

"我帮你，你就放心吧。"

"我放心，我放心，我放心。"她连着说了六七次"我放心"，然后又说："那我谢谢你了，谢谢你了，你管我，我谢谢你！"

"不用谢，奶奶，两天后我告诉你结果，等我两天，你就放心吧。"

"两天，两天？"

"对，就是两天，两天后我来找你，来告诉你最后消息，那我先走了，两天后见！"

"两天后见！谢谢，谢谢。"

这两天我一直避免与她见面，我总觉得那个"记忆定律"会起作用……

两天后，我见到她，嘿嘿，果不出我所料，她容光焕发，快乐无比，什么房子的事早就忘了，也没问我最后结果，她全都忘记了！

成功！

（提醒：对脑萎缩老人的悲伤，在初步努力解决无效后，可以采用"拖延不理"的方法，她（他）自己就忘了，如果我们硬要解决，就是延续她（他）对这个悲伤事情的"印象"，反倒不好。）

你为什么不要我了

"口音奶奶"最近不知怎么了，变得比较烦躁，经常一个人在走廊里不停地走，而且还说没有人看她，大家不喜欢她等等。突然，我想到一点，现在正好是寒假时期，有二十多天很少有志愿者来，她的屋里也非常冷清，而这种冷清可能加重了她的急躁与不安，应该是这回事，肯定是这个原因。

后来，她开始频繁进出其他人多的病房，或者，一看见我进一个病房，她就尾随而入。她一般先站在旁边听我和其他老人聊天，然后会在我们说话的时候，突然哈哈大笑起来，算是对我们谈话的参与。这时候，我一般是一边与爷爷奶奶说话，一边回头拍拍她的肩，握握她的手，或者对她笑一笑，以此作为对她的"旁顾"。而一般过了三四分钟，她就会说起来，是那种不停地说，一边说，身体还上下起伏着，这时我必须一边对爷爷奶奶说话，一边对她点头以做回应……

说实话，这时我的心有一点点不忍，甚至心酸，我知道她想被关注，但我实在不能把爷爷奶奶抛在一边和她再说（爷爷奶奶对她似乎也有了意见），我只能握住她的手，领着她回到她的屋内。把她安顿好，我就往外走，而往外一走，没几分钟，她总能找到我进的地方，并继续站在旁边。后来我发现她并不是想独占我的关心，只要我一边转头和爷爷奶奶说，一边和她说两句，她似乎就很满足……那我就继续这样的交谈方式：和人交谈，和她点头……

即使这样，只要有三四天没去看她，再一见面，她就会很激动，口里说着："你不要奶奶了，你不要我了，你嫌我老了，嫌我老了，不要我了……"听着这话让人有点哭笑不得，我一个劲地说着："奶奶，没不要你，这不是来看你了吗？"

"你就是不要我了，就是嫌我老了，嫌我老了。"

我坐在她床边，听着她不停地说着这些话，心里也很感慨，才三天她就觉得别人再也不理她了，"不要"她了，她的内心在这一方面有着怎样的需求与敏感啊！

奶奶的泪水

在和"口音奶奶"接触半年后，一天，我去看她，她正在打点滴，我并没有太当回事，但护工告诉我："老太太前两天不大好，有点……神志不清了，还挺危险的。"

天哪，又是那种情况，前几天看着什么事也没有，觉得就是在这里养老，也许能再活十几年，到一百岁呢，但是，突然间就不行了……她们毕竟太老了。

我立刻走上前，她看见我来，就坐了起来，但这次并没有来拉我的手，她对我说着什么，仍然是一开始听不清，但听着听着好像大概有个方向，而她突然哭了起来，眼泪吧嗒吧嗒往下掉，一边哭一边说，我仔细听着，看着她不停地拍打自己的胸部，我终于听清楚了。竟然，竟然是这样的话：

"怎么办啊，娃娃想吃奶，我没有奶了，娃娃饿了，我没有奶了……"

她哭得越来越凶了，打胸脯也更用力了。

看着这一幕，我的泪水流出来了……

"奶奶，您看我是谁？还认得我吗？"

她看着我，不再是那种欣喜的目光，而是一脸茫然，然后又自己说没奶的事，这一刻我相信，她不认得我了，她不再是以往那个"一看见我就双手合十兴高采烈"的奶奶了，她也是一个走在临终路上的奶奶了……

十几天后，"口音奶奶"走了。

第十七章

鲜为人知的"奶奶众生态"

被骂之乐

在医院院子里，一个奶奶不停地说着，确切地说，是在不停地骂人。

她有八十多岁，只要一出门，往那一坐，就低下头，看着脚面，然后沉默一会儿，突然开始说话。一开口就是骂人，骂得倒不太难听，但很持续，如果旁边有人，她就会对着那个人说点什么，倒并不一定是骂；而如果旁边是个老人，她就会出言不逊了，尤其是当那个老人看她的时候。

有趣的是，她似乎也对"总骂一个内容"有点厌倦，因此后来她开始认真倾听其他人的谈话，比如，我与她旁边的一个老人交谈时，她就会突然接口，针对我们说的一个内容来训斥这个老人，说的还有板有眼，这实在是有趣，对她来说，活着的全部内容几乎就是骂人训人，并且总是那么有朝气有活力……

当然，"骂人奶奶"也有平静的时候。那天，在医院院子里，我看见"骂人奶奶"坐在轮椅上，目不转睛望着对面一个同样坐在轮椅上的奶奶，表情很奇怪，目光中有一点"研究对方"的味道……这种安静是少见的，噢不！是从未见过的！

我往前走去，终于明白了，原来她遇到另一个"骂人奶奶"！那个奶奶本来在走廊另一头，与"骂人奶奶"一直东西相隔不得相见，这一次两人在院子里相遇了！这下，"骂人奶奶"呆住了，她实在没想到还有比她更能骂的！的确，这个更胜一筹的奶奶骂人时口音清楚，声音洪亮（不像"骂人奶奶"一直有点嘟囔似的），并且骂得更有表情，还夹带着丰富的手势（"骂人奶奶"一直低着头来骂）。这样，"骂人奶奶"似乎对这个更胜一筹的人有了很大的兴趣，或者有点自叹不如，她就那么直勾勾地看着对方，既充满兴趣又似在研究，目光中甚至有一点尊敬，而对方也似乎更来劲，声音与手势也更加夸张，这一幕就这样一直上演了十几分钟，而旁边是直勾勾看着她们的我，也看呆了……

其实，这种现象并不只发生在她们两个人的身上。

另一奶奶躺在床上，头脑似乎也清楚，但她就是不停地在说话，也听不清她在说什么，好像一直在对着一个想象中的亲属（好像是她的儿子），偶尔地还喊出一个固定的名字。她在说话的时候，经常用两只手在空中抓着，而有时一旦真的抓住了护工，就对护工开始喋喋不休地说起来。如果护工想走，她会在空中又一顿乱抓，抓的方向是护工出门的方向，所以有时护工必须先往别处看，引开她的注意，然后再冲出门去……

有些老人不停地说着、骂着，这成为她们生活的全部和唯一的内容。她们说了无数的话，没人知道她们在说什么，在想什么。从某种意义说，她们在那里说着，似乎就是全部的意义。说着，就是在动脑，是在调动思维，就有活力，就能——延长生命。从这个意义说，那些含糊的不连贯的语言，是她们生命的能量，不是药，但比药还好使。

语言与生命力的关系，对于老人来说，几乎就是因果关系，是世上最神奇最有趣的因果关系。生命代表着一种语言，语言代表着一种生命，语言就是生命，生命就是语言。

有时，我路过她们身边，只要听见她们还在说，还在"骂"，我就很放心。如果她骂我两句，我甚至会很高兴，因为她在针对具体的人进行新的思维运作……

（提醒：当老人开始沉默时，是生命本身的沉默，是生命本身的退化，这种退化更可怕，能絮叨能骂人，反倒是"好事"……）

你是谁啊？

一个奶奶坐在二楼走廊尽头的椅子上，半低着头，阳光照在她的身上，而她表情平静，就是一个从容享受阳光的老人。有人来了，就握住她的手（比如我），她一愣，头向两边转一下，然后稍低着头问："谁呀？"这时她脸上的表情立刻呈现出一种慌张、焦虑，甚至好象要急于挣脱的状态，而一旦这个人和她说上一两分钟的话（贴在她的耳朵上，她耳背），她就会紧握住这个人的手，紧紧握着，甚至死死握着，然后突然泪流满面，孩子一样地哭起来，哭了一会后，就告诉你——她为看不见孩子而伤心，说这话时有眼泪在她的脸上停留，被慢慢擦去之后，她会想起什么似的又问一句："你是谁呀？"

每次我见她都是这个样子，因为她看不见还耳背，即使我和她说了六七次话，她仍然以为自己遇到的都是不一样的人，仍然每次都像突然想起来什么似的，最后问一句："你是谁呀！

奶奶啊……

静默

在这个医院，有太多的老人从进来的那天起就不怎么说话，他（她）们躺在那里，眼睛看着外面，间或转动；他（她）们的表情也很单一，是的，没有言语没有对白，只有转动的眼神以及单调的表情，这就是他（她）们生命的全部特征，而也许，就在这样的状态下，在不到一年的时间里，他（她）们就会逝去……

有时，我觉得应该和他（她）们说些什么，但他（她）们还是那个样子，永远是那个样子。只有一次，我站在一个奶奶床前，我笑，微笑，她没有反应，但她始终在看我的方向，我觉得她的目光穿过了我，向我的后方射去，而且似乎还定格在一个地方。当我意识到这点时，我转头，沿着她目光的方向看去，原来那个墙壁上有些照片，其中有中年人，还有孩子，孩子的照片更多些，表情很夸张，很童真很有感染力……我明白了，这些照片才是奶奶真正要看的东西，那里有她的孩子以及孙子，那里是她目前世界上仅有的牵挂。而我站在那里，对她微笑，反倒遮住了她的视线，反倒阻止了她与亲人的交流，反倒让她的生命温暖被暂时隔断，明白了这一切后，我对她笑了一下，转身离开。

（提醒：请为老人在病床边布置一面亲人的照片"墙"，让她们抬眼就能看到，让温暖触手可及。）

我老伴儿？

一个奶奶端着一碗热汤面在二楼走廊走着……

她本该在病房吃的，但她出来了，而她似乎也没有停下来吃的意思，只是端着这碗面在走，表情平静，恰巧有大夫路过，问他："奶奶，您这是干啥呢？"

"噢，我去给老伴送饭。"她平静地说，继续往前走。

大夫告诉我，她的老伴早就去世了，她也是一个脑萎缩严重的病人。

让医生奇怪的是，她平时从来没有给老伴送饭的情况，也许，她昨晚做了一个什么梦，把老伴想起来了，并且又想起老伴还在忙着，还没吃饭呢，就去送饭了。

这里的老人并不经常说起老伴，有一次我问"眼睛奶奶"："您老伴儿呢？"

她想了一想，脸上的表情突然很痛苦，说："我老伴儿，他还活着吗？我不知道，不想这事了。"

在与诸多老人的接触中，他（她）们谈的最多的是儿女，尤其是儿子，对老伴几乎不说不问。

我也想过，为什么会出现这样的情况？也许这是一种隐私，在他（她）们糊涂的大脑里还知道这是隐私，不是对谁都能说的；另外，这时候在他（她）们的心里只有自己和儿女，仿佛这两种情感都是天然的，一个是对自己，一个是对自己生的人（儿女因为是自己所生，是自己一部分，也可以理解为就是自己吧），也许，对自己自我的深度回归，就造成这一情况的发生……

有时，我问一些老人"老伴过去对你怎么样"时，许多老人都在说老伴的好，比如性格好以及对自己好，有时还有对"自我性格不好"的检讨等等。到这个时候，真的想起来的都是对方的好，并且大多数都在谈对方的性格，并不谈对方有什么工作成绩，在这一刻，老伴完全回归为情感……

"我好不了了，我得了脑萎缩"

"我要死了，我得了脑萎缩！"在院子里，有一个奶奶如此嘟囔好几天了，开始我没注意她在说什么，以为就是一般的不知所云的话，但近处一听，听出来是这句话。

她给人的感觉是精神头很差，跟没睡醒似的，而且身体很软，基本上是瘫软在轮椅上，头还歪在一边，好像连"正正头、直直身"的力气都没有了。

"奶奶，你怎么了，出什么事了？"我蹲下来，握住她的手。

"我要死了，我得了脑萎缩！"她说这话时一脸悲伤的表情，好像随时都能流下眼泪，而且说这几个字的时候，也是有气无力的。

"奶奶你死不了，谁说你要死了，脑萎缩是不死人的。"

"我要死了，我好不了了，我得了脑萎缩！"

"奶奶，脑萎缩是老年常见病，就相当于感冒，你见谁得了感冒就死了呢？"

"我好不了了，我得了脑萎缩！"她并不看我，只是重复这一句话。

"奶奶，我知道你，我问过大夫了，大夫说你再过半年就好了，就半年，就可以回家了。"

"我好不了了，我得了脑萎缩！"

"奶奶，你看她们（我指着身边的老人）都得了脑萎缩，但都活得好好的，只有你自己吓唬自己，你再有半年就出院了。"

"我好不了了，我得了脑萎缩！"

我的劝说没有一点成效，我的撒谎本领在这里遭受重大挫折，像这种一点效果也不起的情况还真是头一次遇到。我又说了几句，还是没有效果，我也有点说累了，就小声地很慢地对她说："奶奶，你再过半年就出院了。"

出乎我意料的，奶奶并没有再说她那句话，相反的，她沉默了，并且歪着头看着我，而且有好一会都没有说话。我以为她说累了，但又一分析，忽然觉得是我的"语气"有了作用——我这个语气不像劝告，倒像在和她说一个"秘密"，甚至有点"神秘兮兮"的味道……于是，接下来，我都用这种"神秘兮兮"的语气和她说话，效果还可以，她虽然仍然说那句话，但次数减少了，而且也没有那么底气十足似的。

我为找到一个与这样的老人交流的方式而高兴，我准备以后多和她这样交流，看看效果如何？

天哪，她多说了一句话！

几天后，又在院子的角落看见"脑萎缩奶奶"，她还是无精打采地歪头坐在轮椅上，旁边有一棵很矮的小树，我就蹲在她身边，开始那些固定的谈话。

"我好不了了，我得了脑萎缩！"
"奶奶，你能好，半年就出院了。"

"我好不了了，我得了脑萎缩！"
"奶奶，你能好，半年就出院了。"

"我好不了了，我得了脑萎缩！"

"奶奶，你能好，半年就出院了。"

我和她重复着以上的话，到后来我已经能够做到：口里和她说着，眼睛却在看着别处，大脑也在休息。

对我来说，坚持这么做并不是一个凭意志力支撑的事，因为这几乎是一个有点"游戏性质"的事情，当我这么想时，我就很容易地坚持下来了。

在我心里，我觉得我们这样的对话要坚持半年吧，并且半年内不会有什么改观，我更像是在强加给她什么，对她来说，最终的效果也许只是——习惯了有一个人在面前，语气低沉地说一些她并没有听进去的话……

但是，半个月后，一件让我惊讶的事情发生了。

"我好不了了，我得了脑萎缩！"

"奶奶，你能好，半年就出院了。"

"我真的能好吗？"

"噢，天那！"我几乎吓了一跳，是的，吓了一跳，我几乎不知道这声音是从哪儿发出来的，但又那么明明白白，就是奶奶说的！而且有目光为证，是的，她虽然仍然歪着头，但眼睛却在"正正"地盯着我！

是的，"正正"地盯着我！

我接下来就是惊喜了，然后就是一种陡然升温的希望：也许，我能用比预想的更短的时间起到某种效果！

"奶奶，你当然能好了，其实，不用半年，三个月就行，这里好多人三个月就出院了。"

"但他们说我得的是脑萎缩。"

"人到老了，脑子都萎缩，不萎缩的反倒没有，奶奶，我不骗你，这里是治脑萎缩最好的医院，三个月后我想见你都见不到了。"

"是吗？那我谢谢你，谢谢你，我得了脑萎缩……"

在第二天我去看她时，她仍然嘟囔着以前的话："我好不了了，我得了脑萎缩！"但当我劝导她时，她就是昨天那些积极反应了，我们已经在更高的起点上对话交流了……

几天后，发生了一个有意思的事情，我推着一个奶奶往前走着，奶奶怀里抱着羊羊（羊羊是个弃婴），当我们三个路过"脑萎缩奶奶"身边时，"脑萎缩奶奶"歪头问我："他（她）是什么病啊？"

我以为她问的是轮椅上的奶奶，就说："她是脑萎缩。"

"脑萎缩奶奶"惊讶地说："这么小的孩子也是脑萎缩啊？"

我知道：实际上，她"有点相信"自己的病能好了，这几乎是我所能做到的最大收效，我只要让她始终地、始终地"有点相信"，就已经是个奇迹了。真的，越是到后来，我对自己所做事情的局限就越清楚，而只有清楚这种"局限"并且接受这一点，才能产生某种成就感，并且在相关的快感中持之以恒做下去……

她正吸天堂的气呢！

和这些特殊的老人在一起时，她们有时会说出很有意思的话……

一个奶奶问我："今天是周五吧？"

"您怎么知道的？"我问。

"我不知道，但一到周五，屋里就搞扫除，今天又扫了，我就知道了。"这实际上是脑萎缩很严重的老人了，但你看，她很聪明啊！

一个奶奶说："我还是愿意打球"。

"为什么啊？"我问。

"要不我坐在这也没什么意思，一没意思我总爱想不好的事情。"这个奶奶一直愁眉苦脸的，但实际上她心里多明白啊！

我对一个奶奶说："您也该对女儿好点啊，她都快七十了，腿又不好，还总来看您，多不容易啊。"

"她来是应该的，女儿看妈是应该的，不像你，这辈子我又没疼过你，你还来，我就觉得你比她好。"

这段话让我非常感慨，尤其是那句："我这辈子又没疼过你……"

"奶奶，您说有天堂吗？"我问一个九十岁的奶奶。

"有！有天堂！你看她！（奶奶一指对面的奶奶，那个奶奶正躺在床上，鼻子插着一根鼻饲吸管），她正吸气呢！吸天堂的气呢！"

"奶奶，您有几个儿子啊？"

"我有四个儿子。"

"不对，您只有两个儿子。"

"不，是四个！除了两个还有两个，后两个……没用了。"

许多人都认为老人们到了八九十岁，智力就退化了，说实话，其整体智力是在退化，但他（她）们某些时刻的瞬间反应能力非常强，常常语出惊人。这一点让我也很惊喜，这说明他（她）们的大脑实际上在转动，而且在快速地转动，在一些我们认为很重要的地方（比如她的年龄、子女的样子、姓名），她转得没那么快，但在一些也许我们认为不重要的地方（比如自己的尊严与安全），他（她）们的反应非常快。而那些，是一个人非常本性本能的东西。

你面对的不是一个智力迟缓的人，而是一个在本性本能上反应迅速的人，这样认识他（她）们才更准确，或者说——正因为在其他方面全面退化，所以才在本性本能上异常敏感……

第十八章

高危老人的生命发现（五）

就是不出去

这些老人，常年生活在医院里，在他（她）们中，有的对医院外的世界非常好奇，即使把他（她）们推到院门口外几米的地方，他（她）们都兴奋不已；不过，有的老人就是不愿意出去，对外面的世界一点兴趣都没有，有一次，当我想推一个奶奶到医院外转一转时，她的反应非常强烈："不出去！不出去！"

"奶奶，我们出去看看有没有好玩的。"

"不出去！不出去！"她一边喊着一边还把手伸向轮椅的轮子，要使用那个手刹，我赶快把她的手拉回来，对她说："好，我们不出去，不出去。"

还有比这更极端的，有一个奶奶，她就愿意坐在自己的病房门口，成天到晚在那坐着，她居然连几米外的地方都不去，她一天二十四小时的活动半径不超过五米，她最爱做的事情就是坐在那儿，冷冷地打量着过往的人，偶尔冒出一句话，不知道在说给谁听。

这样的老人多以脑萎缩为主。那么，他（她）们究竟在想什么呢？为什么就是不出去呢？

后来我想，他（她）们好像只对身边这点地方有认同感。我的意思是说，他（她）们对周围的人和事还是心怀不解、不满以及警惕，到了他（她）们这个年龄，能让他（她）们觉得安稳的地方越来越窄，越来越小，窄小到只有周围一点点空间的地步，在这里他（她）们觉得安全和舒服，这种安全和舒服应该是最低限度的，几乎就是一种自保的味道。也因此，稍微超出这个范围，他（她）们就觉得不安，那是一种强烈的不安，与某种恐惧类似……

突然爆发的生命力

夏天的时候，许多老人在大厅里围成一圈坐着，也不干什么，就是坐着。

这个圈不是特定的，只是像个圈，老人们大多在闭目养神，即便睁着眼睛也显得有点呆滞，在外人看来，这绝对是一些已经没有生命力的人了。

但这时，如果医院收养的弃婴威威出现了，一切就都变了。

威威才几个月，还不能走路，就在这个圈子里四处爬着，而让人惊讶的是，他就像一束光，他爬到哪里，哪里就被点亮，他点亮的是一个个老人的——目光。这种变化非常明显，老人的目光本是混浊的、凝滞的，但一见到小威威，先是刹那而生的笑容，接着笑容荡漾在脸上，然后眼睛睁开，里面亮晶晶的，接着身体在动，在往前探，最后是伸出手，向小孩伸去……有时小威威离她很远，但她也那么伸着手，口里还嘟囔着什么，一旦孩子扭头看她、或者真的向她这边爬过来，老人就突然凝住了似的，好像有些紧张和兴奋，脸上却已笑开了花，口里几乎在喊叫着"过来，过来，乖宝贝，宝贝"，最后就是"宝贝""宝贝"地叫，叫得那个亲那个甜啊，即使孩子不向这边来，笑容也在她脸上，并且目光一直跟着小威威，一秒钟也不离开……

九十多岁老人突然绽放的笑容……你见过吗？

这种笑容实在太有感染力了，它跨越了两个极端，一个是萎缩到极点的生命，一个是灿烂到极点的生命，仿佛从败叶到盛开的鲜花，一秒钟就完成了所有的转化。你会感叹生命居然可以在一瞬间有如此极端的变化，仿佛生命到了八九十岁时仍然有某种巨大的能量，这一能量也许长期潜伏，但在一个孩子面前就可以喷薄而出……

情感突袭

真的不知道，有的老人居然会说出……那么有意思的话！

有一个志愿者和一个脑萎缩奶奶聊得很好，并且感情越来越深。有一天，奶奶很正式地问这个志愿者："你结婚了吗？"

志愿者说："我结婚了。"

奶奶立刻愤怒了："你结婚了还来看我，我以为你是喜欢我的，你为什么要和别人结婚！"

一句话把志愿者问愣了，他有点哭笑不得，他知道这是一个脑萎缩的奶奶，也听她说自己有时四十岁，有时三十多岁，但她居然真的有三十多岁的……感觉，以及——感情，这大大出乎志愿者的意料，他赶快找个借口跑了。

之后一周，这个志愿者都有点不敢再去看这个奶奶。一周后，他再去看奶奶时，奶奶第一句话就是："你这么长时间跑哪去了？"

志愿者试探性地问了一句："奶奶，您今年多大了？"

"我今年，八十五！"（年龄还算靠边）

这时一个大夫从旁边走过，问奶奶："奶奶，这是你什么人啊？"

志愿者一下又紧张起来，而他听到了奶奶这样的回答："他……他是我的……干孙子。"听着这话，志愿者长出一口气：嘿嘿，才一周，奶奶又把那个事情彻底忘了，哎！这脑萎缩老人的感情真是来无影去无踪啊！

在脑萎缩老人的世界里，情感究竟是怎么一会事？……也许，情感真的不是真空，它会在某一刻以非常特殊的方式呈现出来，这种境况真的很有趣，如果是这样的话，那他们的精神世界比想象中丰富许多啊！这一点也让人更加欢喜了，真的，脑萎缩是一个残酷的病，但在这个病所出现的诸多虚幻东西里，情感以及感情也在充分而充沛地活动啊！

而这，就是生命力的表现和希望。

落寞

一个奶奶独自站在二楼的平台上，木然地向下看，显得落寞而又孤独。过了一会儿她发现了我，我向她招手，笑着，她木然地看着我，然后也摆手，但面无表情……我经常在想，她在想什么，她对生活有一种持久的落寞感，就这样一天天过着。其实不只是她，许多老人身上都有这种落寞以及忧郁的表情，这实际上是他（她）们每天、每月、每年情绪的主色调，这种色调让人觉得似乎总有一些不快的事情纠缠着他（她）们，但实际上没有，问他（她）们时就知道没有，但是，似乎一眨眼，他（她）们心里的感觉就有点雾蒙蒙灰蒙蒙的，好在，他（她）们在这样的情绪里也很安稳，并没有强烈的灰色情绪，仿佛一个人总是生活在一个阴雨绵绵的地方，她的生活并不因此崩溃，但也总觉得不太舒服……

他（她）们，需要外来的阳光。

东方红

"东方红……东方红，太阳升，中国出了个毛泽东……"

在这个医院里，这个乐曲是某种通行证，我的意思是说，你无法从这些老人身上归纳出共同点，但这个乐曲一出现，或者说这个旋律一出现，老人的眼睛立刻就睁开了，这种睁开让人觉得，他（她）们心中深处的某个回忆出现了，他（她）们一下子在某种恍惚的气氛中，一下找到精神世界某种特质的东西，让他（她）们觉得"自己又是自己"，而这些感觉都很让他（她）们"兴奋"……

有趣的是，很多老人会本能地跟着哼唱，而唱完之后，又不知发生了什么事情，仿佛梦游一般，立刻恢复以往那种木滞的状态。

我在与一个奶奶交流时，她明显糊涂了，不知道自己的年龄，而在前两天还没有发生这样的事情呢！我试图一点点唤醒她的记忆，但以往提示的方法都不大好使了，比如以往我说"你是不是……"，但这个对她已经没有效果了，仅仅在两分钟前，她问我叫什么，我告诉她，然后我问她我姓什么（都不是名字），她就想不起来了，她本来只有三个孩子，但告诉我说有六个，我已没有办法让她在我的提示中寻找真实的自己。但几乎突然地，那段熟悉的旋律出现了（"东方红……东方红，太阳升，中国出了个毛泽东"……），远处一个老人哼着这个旋律，奶奶的眼睛一亮，身子向前一推，随即含糊地哼着"东方红"接下来的旋律，并且明显地——在一个字一个字费力唱着歌词，直到把这首歌完整地唱下来……

唱完后，她的眼睛里有着某种东西，我说不好，有点像……

像是一盏要灭但挣扎着不灭的烛火，有点这种感觉，但最终……还是灭了，她又重新归于一种木然与沉寂。但让我惊讶的是，接下来她竟清晰一些了，在我的诱导下也能说一些"靠边"的话了，仿佛有什么东西让她更接近真实，虽然还不是完全清醒，但这种"接近"非常明显。

（提示：小孩，老歌曲，这是高危老人生命力以及记忆的刺激源，如果可能，让老人经常接触这些刺激源吧。）

第十九章

欢乐奶奶（上）

她是奇迹

"欢乐奶奶"是个奇迹。

说一个九十岁的奶奶是奇迹，足以证明她在这个年龄段的非凡之处。

她一头银发，方脸，面色安详，要知道，在一个老人脸上看到安详，并不是容易的事情。有的老人面容木然，有的总是愁眉苦脸，有的则是紧张恐惧，而"欢乐奶奶"，无论何时看到她，她都是"放松"的，放松中，蕴藏着一种快乐的能量。

她在癌症术后来到这个医院，而且年纪也实在太大了，所以大夫就实情相告："从今以后，您也许只能这样躺在床上了……"

从她住院那天起，在医生心里，这就是一个卧床不起的老人，但就在半年后，有一天，医生在办公室门口看见一个人：居然是"欢乐奶奶"！

奶奶满头银发笑容可掬地站在那里，手里推着一个老人助推车，所有的大夫都惊呆了："奶奶，你怎么出来了？"

这话的意思是说，你怎么可能还会走？

奶奶是这样走出来的……

她在床上躺着，一天二十四小时躺着。

对她来说，生活就是躺着。

世界，就是天花板。

一天天躺下去，她真切感到了自己在一点点陷下去，陷到某个可怕的地方，那个地方甚至比死亡还要可怕。而有一天，她突然对"坐起来"充满好奇与渴望，一个人，能够坐起来，那是什么感觉？

是啊，那是什么感觉？

这种好奇与渴望不亚于一个没有腿的人对于行走的渴望，于是，她忍着腹部的疼痛，让护工每天扶她在床上坐半小时。半小时内，她一直忍着疼痛。有的时候，她坐不住了，就那样一点点倒下去。那一刻，好像有什么散了架似的，她觉得倒下去的不是一个身体，而是一些散开的零件，只是，这个零件知道

"疼"……倒下去，她又大声地喊护工，让护工再把自己扶起来……忍着疼痛，继续"坐着"……

主动地"制造疼痛"，让它长时间折腾自己，对于快九十岁的老人来说，这需要多大的毅力啊！

每天半个小时，如此折腾，她坚持了半个多月，后来，竟然可以坐上一个小时了。

于是，她有了新的目标：有一天，能在屋子里站起来，安安稳稳站在那，像一个"人"那样。

这个目标对她来说又成为巨大的诱惑，而她对这个目标有信心，之前她积累了足够多的"力量"。

她不知道多长时间才能站起来，但她并不缺少时间，一天二十四小时，已经没有其他事情让她感兴趣，她只做这一件事：让护工每天扶着她下床，在床边站一小会儿，手，把着桌子边，用她不多的力气。

有一次，她又要倒下了，她立刻采取自我保护措施，尽量让臀部着地，同时大喊护工，护工冲过来抱住了她。

不过很快，护工就要放弃了，不准备和她一起完成她的"梦想"，在护工看来，这个梦想太危险。但奶奶仍然坚持，并且说服了护工，毕竟，她已经能够站起来了，同时又有了孩子般可爱的想法，即：这个屋子的每一块方砖如果都能让她站一站，那该多好。另外，那辆老人自助小推车，自己如果能够站着握一握，那该多好。这一系列的"多好"最终指向了门口——如果自己能够站在门口，并且跨出一步，出门去……

那该多好。

许多志愿者，许多医护人员都从奶奶的门前走过，他们不会注意到一个老人火热的目光，她就盯着那扇大家经过的门，并且渴望自己走出来！

奶奶的方法简单而又有实效，不着急，一天天来，每天坚持半个小时，站一会，多站一分钟就是胜利，向前多挪了一厘米就是胜利，不着急，慢慢来，累了就休息，反正时间有的是，反正，她在前进。

长时间地站住，她做到了；摸到小车，她做到了；推着车走两步，她做到了。她越发喜欢这样的"前进"，像婴儿学步，而且——从容不迫。是的，老人骨子里有一种从容与平和的气息，每天，只做这一小份，每天，只享受这一小份。

终于，她用了四个多月的时间，走到了屋子中央！

四个多月！

屋子中央！

到了这里，她已经足够让人们对她肃然起敬，这个"人们"几乎包括所有人！我的意思是说，不但包括和她同龄的人，而且包括早晚和她一样会变老的我们。我们可以问自己，到那一天，快九十了，刚动完大手术不久，身体非常虚弱，是否也能像她那样？

她来到了屋子中央，她的视线更加开阔，她看到了以往看不到的东西，包括医院门口新增的公交汽车站，这最最普通的"风景"给了老人巨大的鼓舞，她要继续努力下去。

她们知道我来过

中国首部高危老人深度关怀笔记

又过了两个多月，在进入医院半年之后，她，走到医生办公室门前，敲了敲门……

（提醒：请相信，正因为走到生命边缘，所以高危老人的生命力有可能让我们惊讶，注意到这点，适当把握和"利用"这点，我们会和他（她）们一起创造奇迹。）

"生命节日"

那天是周六，我从"欢乐奶奶"门前过了四次，屋里总有志愿者，我都进不去，都没机会和她说话。虽然进不去，但我很高兴，因为每次路过都能看见奶奶在哈哈大笑……

后来，我终于走进去了，和她聊上了天，我发现，她的桌上有一些剥好的柚子，看我看着柚子，她笑了，说："我已经给你准备好了。"

"什么准备好了？"

"你昨天不是说今天早上来吗，起来后我就把柚子拿出来，都剥开了，这样你一来就可以直接吃了。"

"噢……"

今天，陪奶奶聊天的还有两个志愿者，是一对夫妻，我们四个在一起聊着。在不到半小时时间里，奶奶大笑有十几次，平均两三分钟就笑一次，而且许多次她都因为自己的话笑起来，而那些话也就是以下这些平常话，诸如"现在比过去好多了，我现在很快乐，你们都是好孩子，我已经不小了，九十了"等等。

由此可见，奶奶是多么高兴啊。

其实，从志愿者一进病房，奶奶就处在一种兴奋状态。这一状态出现在一个满头白发的九十岁奶奶身上，非常动人，难怪一个志愿者说："您的笑非常有感染力！"听到这话，奶奶又哈哈大笑起来。

"欢乐奶奶"的身边有最多的志愿者，尤其在周六的时候，而奶奶的欢乐也那么"饱满"，这让我有一次忍不住揣摩奶奶的心态，它也许是这样的：

到了周五晚上，就有一种莫名的兴奋……周六早上一醒来就已经高兴了，不论身体怎样，天气如何……然后是静静的等待，眼睛始终盯着门口，或者向窗外看时，也会在转头第一时间再向门口望去，一旦有志愿者向里面张望，她第一时间就笑了。这笑容仿佛有一种魔力，把志愿者吸引进来，而等志愿者走到奶奶跟前时，她已经笑开了花，一种热情而又美好的气氛已经形成，大家开始愉快地交谈，这时候，奶奶进入她每周末的"生命节日"……

拒绝当"官"

"我是不会当这个厅长的。"

一天，"欢乐奶奶"对我说了上面的话。

（医院为了让老人更有"地位"更快乐，就封了一些"官"，比如老人活动大厅的"厅长"。）

"为什么呢？"

"现在不是有厅长吗？他干得很好，我不会与他竞争的。"

"不是要换届了吗？大家都有权利来竞争啊。"

"你不知道，现在大家都是老年人了，心情是最重要的，如果那个厅长被大家选下来了，那么他的心情一定不好，这么大岁数了心情不好，身体也就不好，这是很不利的事情、很麻烦。所以前一阵有人问我参不参选这个厅长，我就拒绝了。不但我自己拒绝，而且我还鼓励其他人也放弃，就让原来的厅长一直呆下去就很好了。"

听着"欢乐奶奶"的这些话，我真的很惊讶……面对这样的老人，我觉得……哎！真的不知该说什么好啊……

"欢乐奶奶"真是一个总为别人着想的人。

她每天都出门很早，做固定的晨练，她推着助行椅在走廊里慢慢前行，到二楼有阳光的小厅，做一些转身扭腰的动作，再慢慢走回来。有一段时间我以为她走得早，所以出去锻炼也早，后来才知道，她这么早出去锻炼，是有原因的。那天，奶奶和我说："我也不想那么早出去，但如果出去晚了，二楼的老爷爷老奶奶就该下楼了，（电梯与小厅是相反方向），他们就得在走廊里避让我，会很麻烦的。"

医院经常有大学生来做表演，医生护士会到各病房去，请还能走动的老人下楼看表演，但"欢乐奶奶"总是晚些下楼，她告诉我："我是老病号了，看的演出很多了，应该让新病号先下楼，这样他们就有更好的位置，我靠后一点没关系。"

有时，她向大夫要催眠药吃，每次都只要一两片，她说："同屋的老人糊涂了，和小孩一样，我要多了，让她不小心吃了，对身体有害的。"

有时，我都觉得无法完全明白她的心，她的"与人为善"的念头已经到了让人惊奇的地步，但我知道她每天过得很快乐，于是，我就试着分析她的"与人为善"和她的快乐之间的关系，会不会是这样的：

以他人为念，想着别人，想让别人好一点，心里就有一种由此而生的气氛。这种气氛纯粹而且舒服，有奇妙的自我保护功能，让一个人全身心在其中，不被一些烦乱的烦恼的东西干扰，就像一个人在暖暖的午后美美睡了一觉，这一两个小时只是舒服温暖的感觉，其他的世间的感觉都暂时与己无关！

我想可能是这样吧，即使不能完全说清她的感觉，但也大体相似吧！可还让我惊讶的是，这可是一位九十岁的老人啊！在她日渐衰老的生命里，日渐模糊的记忆中，还有一种东西那么清晰，那么坚固，那么醒目，而它还在散发着热量与温暖，护佑着她，并且给其他人以慰藉，一个九十岁的生命，它在那里美美地存在着……

在她身上，我看到了一个高龄老人"品质"的重要，这种"重要"不是对做事处世而言，而是——对自己身体的重要，当"欢乐奶奶"有这样的胸怀与品质时，她的内心就很宽阔，就几乎不为什么事情闹心，就一直保持心情愉快，身体就保养得很好，就能创造新的快乐，就能像她说的那样："我这人，就是一直让自己笑，就能让身体一直好下去。"

"欢乐奶奶"生气了！

"欢乐奶奶"毕竟是高龄老人了，自然也有点……多疑。

而多疑也会导致"生气"。

比如那一次……

奶奶生气的原因是：她同屋的病人去世后，那个床一直空着，但昨天来了一个病人，九十多岁，不想刚来半天就突然发病，去世了，于是"欢乐奶奶"就认为有的工作人员故意送死人到她房间。

在和我说这个事时，她的表情近于愤怒，说完后也气呼呼的。我劝了几句，也被她一顿抢白，看来，她真的是生气了。

那好吧，先听她把所有的话都说完，也许能冒出一两句可以"安慰"的话头呢。奶奶不停地说着，到最后开始重复以前的话了，而重复的话也重复一遍了，她冒出这样一句："也许我这人有点多疑，也许医院是无心的，但我觉得不是。"

好，就是这句！

我立刻从这里进入："奶奶，你说作为医院，而且是长期供人养老的医院，它会接收一个只有半天生命的老人吗？如果它知道这个病人只有半天寿命，它不担心被说成是被自己治坏的吗？按常理说是这样吧，那么也就是说，医院并不知道这个病人会突发疾病，是这样吧？"

"哎呀，你不知道！不知道！"她又开始说那些重复多次的话。

"我们再来看看病人家属"，我在她说完后接着说："如果我们是家属，如果亲人病得很严重，我们会把她送进大医院的重症监护室，而不会送往有养老性质的老年医院，否则岂不是耽误事吗？而且也会就近送进一个医院，而不会送到城市边上的这个医院吧，那岂不是特意要把亲人给耽误吗，你认为会有这样的孩子吗？你认为我们遇到的是这样的家属吗？"

"哎呀，你不知道，不知道！"她说完这话后就不说了，似乎底气不那么足了，也不再重复那些话了。

我知道她已经被说动了！

"奶奶，这些话都是按照常理来推断的，而你的想法却是自己主观猜测的，对吧？"

"我就觉得有个别工作人员成心、成心要吓我。"

"奶奶，我们按照你的逻辑设想一下，它是这样的，有的工作人员要吓你，然后就在这个城市里四处寻找病危的病人，然后病人家属一听说要吓唬你，也非常高兴，立刻同意把自己的病危家属送过来，一起配合吓你……你觉得有这个可能吗？"

奶奶不再说话了。

我趁热打铁："而且这样的事情以前出过吗？没出过吧，这说明连医院也是第一次遇到这样的情况，对吧？那这当然是一个突发事情了。对一个突发事情，奶奶就不要那么生气了，是不是？"

这时候我听见奶奶说了以下的话：

"我也许是多疑，那就看以后吧，看以后还有没有这样的事情，我是最希望你说的都是真的，你说的，也许有道理……"

我在心里长出了一口气，我知道，那个会折磨她十几天的想法也许被我化解了……

九十岁的坚强观

几天后，我去看"欢乐奶奶"，她有点神神秘秘的。我不知发生了什么事，后来听见她说："我就猜到你今天会来，你的好朋友给你一张贺卡，我说就放在我这里吧，我说你肯定会来看我！"

原来如此，奶奶为她能够猜中而兴奋，确切地说，她为我"必然到她这里来"而兴奋。如此，我突然想：在她心中，我的到来已经是必然的事情，就像工作人员在这上班一样，也就是说，她心中已经把我带给她的这份快乐固定下来，当作一个可以预支的快乐了。如果是这样，我还真有成就感呢！

那个礼物是一张贺卡，是这个城市的志愿者协会发给我的新年贺卡，我非常喜欢！

奶奶又告诉我："护士长已经来向我道歉了，说那天安排错了，我就是这样，你道歉，我就原谅你。"

我立刻说着："奶奶，我说的没错吧，我说嘛，这是一次无心之失。"

奶奶说："是的，是的，不过这个事对我也有好处。"

"怎么呢？"

"我不是怕死人吗？那天来了一个快死的人，我就告诉自己要坚强，要坚强，结果你猜怎么样了，我现在已经比以往更勇敢了，我觉得自己不怕死人了，即使再来一个我也不怕了，哈哈。"

"奶奶，你真厉害。"

"我这一辈子就相信一句话：坏事总能变成好事，你说呢？"

我还能说什么呢，她说的这句话，以前我总能从书上看到，但是现在，我才真正明白啊……

欢乐秘密究竟是什么

"欢乐奶奶"屋里摆着大大的花篮，上面是祝她身体健康的条幅，这是她退休前所在的单位送给她的，奶奶非常兴奋，她坐在阳光下，仰头看着这个大花篮……如果来了志愿者，她先不说什么，只是笑着看对方的反应，看对方看此花篮的反应，同时更大声地笑……这一刻，她真的是一个受宠的孩子。

　　"欢乐奶奶"有一句名言："快死了也许痛苦，但活着就要高兴，这是什么？这就是实惠，人生最大的实惠！"她还说："我这人想吃什么就吃什么，过生日的时候我就对女儿说：我要吃童子鸡！"

　　"欢乐奶奶"真的想得开，她凡事都往好处想，即使得病了也是好事，因为"活得太长了，该走了，我真的想走了"。

　　说实话，奶奶真的是很让人羡慕，我觉得她几乎是老年生活的典范。我甚至想，以后我老的时候，如果能有她一半好，我就心满意足了，这种羡慕是由衷的……

　　我发现她已经进入一个欢乐的循环：她自己非常高兴，同时又能把这种高兴传染给来看她的人，人们也就更愿意来看她，同时她也就更高兴。

　　我还发现，与年轻人相比，笑容在她这样老的人脸上出现，有着双倍的感染力。这种感觉很奇妙，就好像我们认定她本不该快乐，而她居然在笑，并且居然比我们的快乐还大。于是，我们在惊喜之余就被深深感染了。

　　她几乎成了"欢乐"的代名词。我一想起她，首先是她仰头大笑的样子，接着是自己也非常高兴的心情，然后是她阳光气氛的弥漫……

　　她已经九十一岁了，连动都很困难了，但她居然还在加大这种乐观与坚强，我几乎无法想象在她身体里有什么东西在鲜活地、蓬勃地运动……

　　我对她的欢乐秘密也就更有兴趣了……

第二十章

欢乐奶奶（下）

二岁与九十二岁

"欢乐奶奶"很喜欢这里的弃婴小威威，为此，她让子女每次看她时都买点儿童小食品。孩子来了几次，发现奶奶这里总有他爱吃的东西，就来得更勤了，经常地，大早上他刚醒来，就兴冲冲地来看"欢乐奶奶"，一脚踢开奶奶的房门，冲进去就喊"奶奶"，然后到桌子上找吃的。奶奶每次会控制他的食量，否则东西很快就没有了，奶奶常说："没有了，没有了。"小威威就那么眼巴巴地瞅着，奶奶狠狠心，又说着："没有了，没有了。"小威威才作罢。

后来，小威威每次来的时候会多呆一会儿，也不找吃的，就安安静静坐在一个黄色的小塑料矮凳子上，听奶奶说点什么，或者就抓着奶奶的胳膊，看着奶奶笑。

一次，有一个场景让我撞见了：奶奶坐在椅子上，小威威站在她的旁边，玩着桌上的东西，这时奶奶要起身，但起得很艰难，小威威在旁边看得有点愣，也许他不明白奶奶为什么起身会那么难，愣了两三秒，突然地，他向前一步，伸出胖呼呼的小手，抓住奶奶的胳膊，然后使劲往上拽……

这一幕让我看呆了，一个两岁多的小孩，在努力帮助一个九十多岁的老人，而且脸胀得通红地使着劲，而奶奶则笑呵呵地说："宝贝真乖，谢谢宝贝。"

正常情况下，我会去帮忙，但这一幕我宁愿多看一会儿，对奶奶来说，这一幕也是非常温暖的吧。

威威和奶奶的关系真的非常好。奶奶有一次笑着对我说："我认识许多志愿者，还要归功于小威威呢。"

"为什么呢？"

奶奶和我说了原因。原来，许多志愿者都愿意来看小威威，并且给他买玩具。而许多时候，志愿者正和小威威玩着，小威威会嫩声嫩气地说一句："看奶奶！"他开始往外跑，志愿者在后面跟着，威威跑向"欢乐奶奶"的房间，于是，志愿者就来到"欢乐奶奶"面前了！就和"欢乐奶奶"成为好朋友了！

现在想来，我无法想象这一老一少之间微妙的情感是什么样的？我是说，当小威威看见奶奶时，他的亲近感以及总往这里跑的期待，还有离开奶奶的感觉，所有这些都是什么样的？而奶奶的内心因为这个小孩发生了什么变化？对每天早上是否有期待？是否希望小威威总是在这个屋里？或者她是否想过，自己百年以后这个孩子将有怎样的未来？我相信以上的东西都发生过，有太多的东西流淌在小孩与老人之间，那是一种小孩也说不清、老人也说不清的东西，它很清澈、很可爱、很动人……

但终于有一天，奶奶告诉我："你知道吗？小威威要走了。"

"要走了？"

"有人要收养他了，要把他接走了。"

"噢。"说完这话我和奶奶都沉默了。奶奶不说话，表情近于严肃地看着前方，前方是一个打着鼻饲从来不说话的病危奶奶……这样的一幕保持了快两分钟，我觉得气氛有点压抑，就给她念报纸，奶奶很配合，也和我认真讨论起来……

之后的某一天，我去看奶奶。在门口，我看见奶奶坐在椅子上看着窗外，一声不吭，表情严肃，我相信她是在想小威威……而我几乎不敢想，陪伴奶奶两年的威威如果真的走了，对奶奶意味着什么？

威威走后的那几天，我几乎不敢走进奶奶的房间，即使进入，也不太聊相关的内容。好在我看奶奶的表情还是平静的，她似乎并不悲伤，而且最重要的，她并不主动提起这件事情，我们几乎都忘了这件事情似的，只是在几天后，我去看奶奶，她正有点出神，我问她："奶奶想什么呢？"

奶奶没看我，自己幽幽说了一句："威威已经走了十天了……"

安静的等待

"欢乐奶奶"除了欢乐外，经常说的一句话是："我希望自己能够早点去世，活得可以了，够长了，但我不会悲观，我会活一天就高兴一天。"

这两种不同心态都是她的真实心态。她说早点去世时，表情平静，就像在讲另一个人的事情。正因如此，这么说的时侯她让人肃然起静。一个人，对死亡，竟是某种期待，而且这种期待没有恐惧、没有担忧，只是"平静心情"之下的期待，仿佛一池安静的湖水，在静静等待夕阳西下的倒影……

真的，我见过许多谈论死亡的人，有的是恐惧，说起死亡的时候，话语不自觉地都不连贯，说完还有几秒钟的发怔；有的是极度渴望，因为身体的疼痛难以忍受；有的是哭泣，总觉得有什么事还没有做，有什么东西还没得到；有的则是茫然无知，而欢乐奶奶则是：

平静地等待……

安静地等待……

闭上眼睛，想一下，等我们年老的时候，很老的时候，一想起死亡，已经没有任何的感觉，只是很平静地对死神说："来吧，我等着你……"然后，内心中没有波澜，死亡对生命来说真的不重要，也没有什么太特别之处，只是一个中止符，只是一个句号，只是一系列事情最最自然的结束，像我们在一个湖里划完船，然后归岸，上岸，就这么简单……

就这么简单。

这真的是一种境界啊！说它是境界，是因为能有几个人能做到这一点呢？而"欢乐奶奶"，按她自己的话说："我这一生过得很好，我已经完成任务了，我也没有对不起的人，我可以走得很安心了。"

她的心中有一种大安详，她经历过由高到低、一贫如洗靠人接济的生活，也经历过"文化大革命"的动乱与破坏，而她之前对佣人、看门人都很好，这些人成为造反派后，反过来对她也很好，没有批斗她，但也查封了她的家，她只能靠远在西北的儿子接济。所有这些，都没有让她对生活有过怨恨，也没有阴影如影相随，她的心灵始终没有蒙上灰尘，始终在反射光亮。而现在，她自己就坐在满屋的阳光下，静静地等待死亡。

我还是无法真正表达她的内心，我觉得她的内心有一种对许多人都有用的东西，正是那些东西造就了她的生活，也造就了她死亡的态度。她一生对人宽容平和，包括在她一贫如洗的时候，她的保姆都不离开她，也不要钱，只是想和她在一起，以至于后来保姆家的孩子想把母亲接回去，过更有钱的生活，保姆都不愿意，而原因又很简单：和奶奶在一起，很舒服，也有感情。

"欢乐奶奶"真的有一种人性的光泽，它不是很强烈，强烈到让许多人敬仰，它就是淡淡的，但又是稳稳的、持续的、永远的。

国家，快乐之源

终于知道"欢乐奶奶"为什么爱讲"文革"前后的对比了。

那天，她给我讲了"文化大革命"中两个不幸的人：一个是技术很好的医生，因为受不了批斗，从高楼上一跃而下，摔死了。在他跳下之前，有人发现了他，对他喊着："别跳、别跳。"他看都没看喊的人，就跳下去了。对他来说，这是一种解脱；还有一个是奶奶的亲属，在火车上生了小孩，在沿途一家医院休养，孩子被暂时放在暖箱里，这时有两伙人打了起来，一伙是造反派，一伙是保皇派，打斗中不知是谁把暖箱的电源给拔掉了，结果孩子……死了……

因此，奶奶对现在生活的好以及社会的稳定有深切的感触，每次学生们来时，她真的当作责任一样告诉他们——现在的生活很好，让他们珍惜。

有时和奶奶聊天，我会无意说一句："现在的孩子多幸福啊！"

奶奶会脱口而出："但他们不知道过去的苦啊，不知道这个对比啊，所以我得告诉他们啊。"偶尔，奶奶自己也会说："我现在活着就有一个用处了，告诉同学们新旧社会的对比。"

其实，对奶奶这种九十岁左右的老人的责任感我还是很惊讶的，在整个医院，像奶奶这样具有"责任意识"的老人只此一例，从某种意义来说，简直是一个"奇迹"！大部分还算清醒的奶奶爷爷，当然想的都是自己的事情，比如孩子、自己的腿脚、眼睛，或者就是回忆让自己高兴的事，很少有谈论国家的，在一开始，我并没有注意到这一点，与奶奶接触一年多了，我才偶然意识到……

我对奶奶也就多了一份好奇！我真的很好奇！一个九十多岁的老人，脑子里面还想着这个国家，这是怎样一种情感以及"老年生活方式"啊！

最让我感慨的，还是这种生活方式对奶奶精神的影响。她每天都活得很有精神头，一般人和同学聊天是为打发无聊的时间，或者自己憋着什么话，迫切地想找个人说一下，这是一种期待，这种期待也强烈，但只是——期待，它还不能形成固定的对同学的盼头；而奶奶则是要让大家明白新社会的好，一种更积极更主动乃至有点创造性的东西在鼓动着她，并形成她对同学们固定化的期盼。这种期盼能让每一天都有点热呼呼的感觉，早上醒来（尤其是周末）就不由自主地对这一天兴奋，而这样的兴奋每周都会出现，这种感觉对高龄老人来说实在太难得、太可贵了……

这，就是生命力啊。

奶奶也从中获得了更多的快乐。实际上，对于爷爷奶奶来说，他（她）们无法从自身获得快乐，毕竟如此年迈，记忆几乎丧失，每天病痛与无聊相伴，如果有欢乐，必须来自外界，比如：亲人的看望、志愿者的关爱等等，但亲人或志愿者不是每天都来的。

而"欢乐奶奶"的外界的"快乐源"就多了一项：国家及

社会。

　　她对这一点的关注是持续的，相关信息她可以从电视图像（还不是声音，那样她需要挪到电视前听，对她来说很难）以及广播中获得，而国家与社会每天的消息，尤其是进步的好消息让她总是很振奋。她一生中养成的"关心国家"的习惯，使她在九十二岁时比其他老人多了一份持久的快乐，这几乎是她这一生送给自己最大的礼物。这一礼物让她不必纠缠于必然出现的身体的苦恼，对她来说，这就是一种自救，自救的时间不知从何开始，反正现在，已经在收获果实……

　　多么奇妙的现象啊，关注国家，就是老年的快乐之源。

"奶奶，挺住啊"

　　这天，去看"欢乐奶奶"。站在奶奶的病房门口，我看见"欢乐奶奶"正一个人坐在椅子上，抬头望天，有夕阳的余辉照在她面前的小桌子上。这一时刻，是一拨志愿者刚走，而另一拨志愿者还没来的空档，她非常安静，安静得有那么一点点……寂寞。突然地，在这一刻，我有点心疼的感觉。她虽然在志愿者来的时候一直在笑，但在她心里，她是想离开这个世界的（她说了很多次）。

　　这是怎样一种感觉，虽然奶奶有强大的快乐力量，但这力量与自然规律的斗争也是艰苦的，噢，奶奶，你真的是在进行一场斗争啊！这场斗争甚至很惨烈，因为每天早上醒来，都是对手领先的时候，也是你顽强反击的时候，你的对手是生命中固有的东西，那种东西究竟有多可怕，我根本无从想象。我相信那么多老人渴望离去，就足以证明这一灰色力量的可怕。

你也渴望离去，但在这样的心态下又保持每天的笑容，这是怎样一个老人啊！这是生命最后阶段的高贵与尊严，让人肃然起敬。

我，我能为你再做些什么呢？你还需要我再做些什么呢？我真的希望因我一人之力能解决你的一切问题。有些问题我已经积累了很多经验，但是，但是，那生命本身的寂寞真的只有你能面对，我几乎帮不上任何忙，奶奶，你一定要挺住啊！挺住啊！

不过，那来自生命本身的问题——高龄之中生命的寂寞，我真的帮不上什么忙吗？

站在这些老人身边，我也面对着一个始终不做声但却最有威力的敌人，这个敌人用同样的办法使成千上万个老人倒下。但是，即使这样，我仍不认为这是必然规律，尽管这一规律具有的杀伤力让我觉得无药可救。我如果那么老了，也许我也会有那样的寂寞，并且挥之不去，而我身边的亲人以及志愿者也将无能为力，这几乎是生命最为残酷的地方，它冷冰冰，不放过任何人。

但也因此，我反倒有种大战前的兴奋，当然，我的任务不是消灭它，而是最大程度降低它的威力。那样，也是胜利。

我，以及所有高危老人的关怀志愿者，都将为了这个胜利全力战斗。

两年之后，"欢乐奶奶"离开了这个世界。

我的心里，出现了一句话：

天堂里，从此以后，有了永远的笑声……

附录

一、如何与高危老人交流

第一次交流，时间不宜太长

有的老人对外人有明显的警惕与小心，他（她）们无法理解外人对自己的关心，他（她）们不太相信这种关怀的无功利性，即使相信，他（她）们也不一定愿意花时间与你寒暄。因此，在一开始的时候，尽量不要与他（她）们交谈太长时间，几分钟适可而止，这样可以避免你无话找话的尴尬，更避免他在病中还得找话题与你交流的烦恼。他（她）们如果想与人交流，只愿意交流比较深的内心苦恼，而对一个初来的志愿者，他（她）们难以做到这点。因此，初次交流的主要目的不是与他（她）成为朋友，而是——不被他（她）立刻拒绝。

自然"介入"他（她）的生活

第一次见他（她）时，你要仔细观察，看他（她）在生活中（包括精神生活）需要什么东西，你可以在下一次来时带给他（她），这一举动会迅速拉近你们的距离。

之后一两次，谈话也仅限在十几分钟之内，你可以为他（她）念点报纸，或者由你自主说什么，这样他（她）会很舒服，下一次也愿意再看到你来。

经历了这个阶段后，你就可以试探地与他（她）作稍为深入的交流，这种交流可以不谈他（她），可以先说说其他老人，说他（她）们的欢乐与苦恼。这样，在交流中他（她）也会或有意无意地说起自己的事情，这时再进入就比较自然了。

加大频率

当他（她）接纳你后，你需要加大一些见他（她）的频率，每次也可以聊半小时，你要特别注意——你要告辞时他（她）的反应，他（她）会在某时表示出对你的挽留，以及对某一话题没有尽兴，这时候你就要让他（她）

把想说的都说出来。对他（她）来说，对一个陌生人说出很重要的话，是需要勇气的，因此，千万不要表现出着急走。他（她）对此很敏感，也许，他（她）会认为你不愿意听了，下次就不再和你说什么了。

你如果能够仔细地听他（她）说完，也许只有一次，你们之间朋友式的关系就能初步建立。这时候，他（她）对你才有一种真正意义的期待，这种期待才真正有一种强大的情感感染力！吸引着你经常去看他（她）……

如何扩大话题

许多志愿者觉得与这些老人没什么话说，或者说了几句就没有了。

这种情况下，可以用一个方法：交流"细节化"。

比如一个奶奶，她以前很喜欢吃烧饼，并且还卖过果子，那么与她交流时我就想象着她去卖烧饼的样子，卖果子的样子，夏天冬天，售价多少等等，这种想象几乎就是完全按照她的方式"重新生活"一次。如此，就能发现许多与老人交流的新话题，比如，卖果子就能生出以下问题：那时果子多少钱一斤？好不好卖啊？卖剩下的怎么办啊？卖完了钱怎么花啊？冬天卖果子与夏天卖果子怎么不一样啊？什么果子是好果子啊？这一系列的问题就能让你找到许多与老人交流的内容。

实际上，交流逐渐丰富的过程也是老人对你越发亲切的过程，能和他（她）多聊上一会儿，他（她）就觉得你是他（她）的亲人了。交流得好了，他（她）就会把一些更隐秘的苦恼告诉你，如此你就能进入老人的真实的内心世界。

当然，很快又会觉得与老人没有什么内容可交流的，毕竟老人的事情就那么多，而且大部分还被忘记，这就需要开辟与老人交流的新天地，以下方法可以借鉴：

巧用报纸。对于还可以清醒交流的人，可以为他（她）读报纸，报纸上内容广泛的话题总有什么会引起他（她）的兴趣，同时也广泛刺激他（她）的大脑，你们总会找到一个话题议论起来，这样对他（她）的智力拓展也有好处。只是，这样做的时候要先弄清他（她）喜欢什么类型的新闻，是国际新闻，还是生活新闻，还是社会新闻，或者只是对图片感兴趣。有时你拿一份报纸，可以满足与病房内多个老人交流的需求。

推他（她）散步。当你与他（她）没有交流话题时，你就可以推他（她）散步，这样也不需要说什么，两个人都很舒服。

老人生气，视为正常

老人们到了这个年龄和身体状况，大都非常敏感，并且小心眼。如果这些老人对你发脾气，或者说"不喜欢你"的话，你不要着急。他（她）更多是在发泄某种情绪，甚至于这是对你友好的表现，不要因此就再也不愿接触这个老人。

我认识一个奶奶，她就脾气不太好，经常动不动就对我发火，而且没有征兆没有原由。但每次她一生气，我一对她笑，说一句随便什么话，她就立刻又笑了，又没事似的和我说她的事情。

老人的心像小孩的脸，说哭就哭，说变就变，而且不记仇。老人不会对只见过一面的人发火，他（她）也没那个"胆量"，一般只有他（她）觉得和你已经熟了，甚至有了感情基础后，才对你发火。

与老人的交流中，不要认为自己很小心——就能不惹他（她）生气，也不要认为他（她）生气了——自己就没办法与他（她）再交流，他（她）们永远地生活在自己的世界里，并不在乎你说了什么，你说的话几乎不会让他（她）生气，他（她）生气也几乎与你无关。

处处留心他（她）的快乐

在与老人的交谈中，要留意老人说什么的时候比较高兴，甚至用到了"高兴""快乐""难忘""真好"这样的字眼，然后把带给老人这些感觉的"事情或者人"记住，这些东西老人说完了就忘了，很难再想起，以后与她交流时，如果你可以经常提起这些东西，他（她）会很高兴，尤其在他（她）们为什么事很痛苦时，可以用这些东西减轻他（她）们的痛苦，或者转移他（她）们的视线。

有一个奶奶，她最高兴的是忙了一辈子，现在不用干活就可以"吃的不赖喝的不赖"，因此，她一和我说不高兴的事，我立刻就对她说："您现在吃的不赖喝的不赖。"她一听立刻大声回应："是，我吃的不赖喝的不赖。"然后就有点高兴了。

另外，老人们的快乐很宝贵。当老人快乐时，也许意味着下一次这样的快乐时候要等到十几天以后，甚至更长的时间。因此，一旦有这样的时候，就要想办法放大这一点。比如，有一次我见到一个老人很高兴，就问她为什么这么高兴，她说儿子来看她了。于是，我就一个劲地问她儿子来的细节，包括儿子都说了什么话等等。在说的时候，老人就更加高兴，我还强调着类似"你儿子那句话说的真好"等等，这样也促使她开始重复，让她更多地体会温暖和快乐。

另外，在这个时候最好可以把一个"偶然欢乐"上升到"人生幸福"的层面，比如对她说："奶奶，我真羡慕您，您真幸福！"或者说："和其他老人相比，您幸福多了！"以及适当编谎话说："其他老人子女都不怎么来看望，您这多幸福啊！人老了不就图个子女孝顺吗？"当说到以上这些话时，就让老人产生"我一生很幸福的感受"，这种感受对一个高危老人来说，非常重要。

习惯于他（她）们的"反复"

老人愿意把同样的苦恼反复地和你说，你也需要把有用的劝慰的话反复和老人讲。老人反复地说一种苦恼，说明他（她）更多是在发泄一种情绪。"说这种苦恼"已经成为他（她）的生活习惯，而我们需要"丰富"他（她）的这一习惯，即允许他（她）反复地和你说，再反复地跟他（她）说那些他（她）觉得有道理的话，释放他（她）这种情绪，这一过程上演多少次老人都不会厌烦。

我和一位老人就她的一个苦恼来回说同样的话说了不下二十次，她也不厌烦，不厌烦那么说，不厌烦那么听，最重要的是你不厌烦。说实话要做到这点也不容易，这时你可以这样调节心态：听这些话，是某种有趣的游戏，游戏的结果是这些老人获得心灵的轻松，如此，听着也就不怎么厌烦了。

尊重他（她）们的逻辑

面对脑萎缩、老年痴呆老人时，有一点很重要，不要把他（她）们看作是一些糊涂的人、一群在智力上有问题甚至完全丧失思想的人。他（她）们有自己的生活逻辑，糊涂也有糊涂的逻辑，找到他（她）们各自的生活"逻辑"，就能"对症下药"。具体说明如下：

不要强求让这些老人认为这里是医院。一般来说，脑萎缩或者老年痴呆的老人，进入医院后，会在很短的时间里就对医院下另一个定义，如果他（她）们作出新的定义，尽量尊重。这么做的目的是让他（她）能尽快融入这里。

比如，有人认为这是疗养院，那就尽量配合他（她），不说这里是医院，否则他（她）们会加重对自己身体状况的担心，同时，总觉得自己快不行了。说疗养院他（她）们会轻松许多，甚至有某种"在人之上"的优越感。在他（她）们那个年代，疗养院毕竟还是重要人士才去的地方。

有人认为这是自己的家。一个奶奶总说儿子上班了，晚上就回家了，当然，她晚上的时候又把这事忘了。这种情况是最好的，那就强化这一点，这样的老人找到了并且回到了"家"，以后许多事情就好劝了。

有人也许认为这是很奇怪的地方，这就要知道他（她）为什么这么说。比如一个奶奶认为这里是工厂，因为她的女儿就是汽车公司的职工，这样想会让她觉得女儿离自己很近。明白这一点后，就可以以女儿工作的内容与她交流。

有的人说不上这是什么地方，反正知道这是个吃饭睡觉的地方。在与老人交谈中，先问清在她眼中，这里是什么地方，然后千万不要纠正他（她）们，不要奢望告诉他（她）们真实的状况。他（她）们也不可能相信你说的话，最重要的是，这会让他（她）们的思维发生混乱。

他（她）们刚来这里时实际上非常困惑。"这是什么地方？"后来经过一段时间，才找到一个解释，这种解释的诞生过程也许非常痛苦，甚至是有点让大脑错乱的，但一旦找到这种解释，他（她）们就安心了，就能够从容地在这里生活了。这种从容是快乐与健康的前提，因此不要去触动这一前提，尊重他（她）们对这里的定义，否则他（她）们又该经受内心的困惑与思维的折磨。

必要时用"拖字诀"

和脑萎缩、老年痴呆老人接触，有时"拖字诀"很管用。当老人和你说了什么事让你帮忙，或者有什么烦恼让你劝解，而这些事又都是他（她）在脑萎缩状态下出现的幻觉，你可以先对他（她）说的东西进行规劝，当然，是把它当作真实的事情与之交流，再规劝，当做真实的事情很重要，只有这样他（她）才会愿意与你继续交流，同时把更深更隐秘的话告诉你（当然也许是更荒唐），然后你才能对症下药地去劝他（她），而最重要的，他（她）才有可能听得进去你的话。

　　如果你觉得实在没有办法解决他（她）的"虚幻"苦恼，可以在劝完后给他（她）以希望，比如说："我这几天就解决这个事情，过几天再告诉您结果。"这种方法一方面可以摆脱你无计可施的尴尬，另一方面可以让老人暂时地不再在这个痛苦之中，而最重要的，当你过两天再来看他（她）时，也许他（她）就把这个事情给忘记了。

二、高危老人之志愿服务

为什么不烦

对我来说，在很长时间里，在与老人接触的过程中，没有任何新鲜的内容，如此，难免会觉得单调，内心偶尔也会有抵触。

许多时候，听着他（她）们已经说了几十次上百次的话，自己也几十次上百次回应着，这是怎样坚持下来的？有时想想，确实是个"奇迹"。说是奇迹，不是说自己居然能对同一个人说上百次的同样的话，而是说了这样多同样的话，还不觉得烦。

真没觉得烦。

偶尔，一想到某个老人，想到他（她）要对你说了几十次的话，就不是很想见他（她），但在转了一圈又去看他（她）时，见他（她）的刹那间，立刻又有莫名的亲切与喜欢，就觉得他（她）对你说什么都可以……

有时也会想，这样一个老人，你能再看见他（她），就已经是一个让人高兴的事了，他（她）们还活着，还在本能地对你笑，这已经是足够好的事情。

当然，我也会琢磨，为什么这些老人只会说那么几件事，无论你在何时见到他（她）们，他（她）们都只说这几件事，仿佛这一生的记忆真的只剩下这些，仿佛他（她）们每天醒来别的事情都不关心，只关心这几件事。我真的有点奇怪，人老到这样的年龄真的就是这样吗？

事实真的是这样的，于是我也就更清楚了那几件事对他（她）们的重要，对他（她）们来说，那几个事情就是一生，是生命的全部。于是，我就不是在与一个人单调重复上百次同样的话，而是在与一个人——就一生中最重要的东西，唯一的东西——进行交流。

关怀在细节

在一家老年医院的走廊里，我发现许多小的告示牌，贴在每个病房旁边的墙上，上面写着老人的基本情况，比如：名字、需要被关怀的方式。

这个老人后面写着："可以交流，脑子清楚。"这个老人后面写着："可以活动。"这个老人后面写着："需要安静，不便交流。"最绝的是还有这样一项："老人不能交谈，但你可以握他（她）的手摸他（她）的头，给他（她）以温暖。"

这样的提示真正做到了将"关怀"落到实处，对这个创意我真的很赞叹，它保证了这里的老人都能得到不同程度的关心。而实际上，对他（她）们来说，一点关心就是一片关心，毕竟，他（她）们对温暖极其敏感……

如何寻找可以交流的老人

首先，就是看老人的基本情况。如果老人在病房里还好说，直接看病历卡片就知道，但要是在院子里或者在大厅里看到老人，则需要一定技巧去分析老人的基本情况。如果这个老人正在看报纸或者有文字的东西，说明这个老人头脑非常清楚，而且眼神不花不近视，是可以交流的。而交流时可以从他（她）看的报纸入手，一下子就有了交流的话题。

如果这位老人坐在那里东张西望，目光灵动，则说明与他（她）交谈是有可能的；如果老人坐在那里不说话也不动，但看你时是一种审视的目光，而非茫然目光，则这个老人也许可以与之交谈，只是他（她）一时不知你是干什么的，或者不知道你是否愿意与之交谈，他（她）在等待，等待你先做回应，你的回应也很简单，或者微笑、或者握他（她）的手，再看他（她）的下一步反应……

如果有的老人看着你，目光茫然呆滞，甚至只是看着你的方向，这时候可以先试探性地打招呼。如果确实没反应，或者非正常反应，则可以暂不接触。

有一些老人，他（她）们会喊会叫，并且不停地在喊，或者过一会就喊，这可能就是比较特殊的老人，有着某种特定的大脑和精神病状，这样的老人不要贸然接触。

有一些老人，他（她）们在坐着的时候会自己往下出溜，而且还使劲有意出溜，这样的老人也会有不太正常的心理。因为正常思维下他（她）们知道这样做徒劳而且危险，对他（她）们也不要贸然接触，观察一下再说。

对不能接触的老人，即使不与之交流，打个招呼也是好的。对他（她）们来说，打招呼就是外界的刺激，他（她）们需要各种刺激。从某种意义上说，这些刺激是一种动力，拉着他（她）们向上拽，否则他（她）们会一步步滑向无意识的世界，大脑中仿佛有一个区域正在消失，直到仿佛从未存在一样。

当感觉疲惫时……

有一天，我身体不太好，从医院出来后，刚走到地铁就有点喘了，胸口也有点闷。说来也怪，在医院和老人聊天时，越说身体越好，到后来就觉得身体像被注入了兴奋剂，轻爽爽的。等到离开医院，身体立刻就累了，就想着赶快找个地方坐一会儿，看看报纸，听听音乐，或者赶快到家睡一觉……这种感觉对我倒没什么负面影响，好像是意料之中的事情，也没什么惊讶的，就像上班，上到一定时候也会疲惫。

对于想帮助老人的志愿者来说，要有一种心理准备，来去的路上很奔波很辛苦，自己必然会有某一刻的身体的极度疲乏感。不过，相信我，这种感觉很快就会过去，不要让瞬间的感觉中止"以后看望老人"的愿望。

哭泣的志愿者

在这个医院经常能见到许多可爱的志愿者，他（她）们为老人所做的一切对老人的内心很有帮助。有一个志愿者给"眼睛奶奶"做了一次肩部按摩，只这一次，奶奶在以后的日子里就多次兴奋地和我提起。也就是说，这一次简单的按摩，让奶奶有着四五天的快乐。

有一对夫妻志愿者，每次来都给许多老人带吃的，有牛奶、酸奶、糕点等等，两个人总是抬着箱子进屋，给老人发东西，然后再抬着箱子去其他屋子。其实，老人并不是很缺这些东西，因为他（她）们的子女都给他（她）们买，但看着两人汗涔涔忙着，我仍然很感动，更感动于以下的想象：几天前，两人商量着要去医院了，想着该买什么了，然后一起去超市，在超市里推着车，还专门往与老年相关的货柜走，然后大包小包地堆在小车上，再往收银台走……这种想象本身让人很温暖。

有许多志愿者明显是第一次来，有点不知所措，有的女孩从一楼走到三楼，见到这么多老人，到了三楼就已经泪流满面了。我曾在三楼楼梯口看见一个女孩在哭，问她怎么了，她说："人老成这样，太可怜了！"

哭归哭，我还是看见她在病房热情陪老人说话，并且在里面呆了一个多小时。对她来说，泪水是同情，更是动力了……

志愿者，不为人知的作用

有一个奶奶，我俩见面的时候，都像特务接头一样，她要我把她救出去……她刚来，因为脑萎缩不知道这是哪里，半夜又听见有其他老人哭叫，以为在这里会有生命危险。我用了一些办法想安抚她，但作用都不明显，但后来她自己竟好了，为什么呢？因为众多志愿者的出现。

周末，她也被推到大厅里，周围是许多老人，大厅中间是又唱又跳的志愿者，同时志愿者还给老人分东西吃，并且与每个人微笑着交流。她看见其他老人都快快乐乐地与人聊天，同时也有三四个志愿者围在她身边，有的人热情握住她的手……这样的场景让她觉得这里不像是要害人的地方啊!

她的紧张缓解了,开始想这里也许真的像有些人说的是个疗养院,而接下来的事情也证明了这一点:来这半个月了,什么事都没发生,而且总能看见微笑的热情的志愿者,她更加放松了,如此良性循环,她终于没事了。

大批志愿者的到来,改善了这个医院的气氛,让它在整体上有一种欢乐的氛围,在这样的氛围里老人们觉得放松,内心中那种顽固的警惕与小心也一点点退去,对这个"新家"也更有认同感。最后,他(她)们对志愿者的到来充满期待(尤其在周末),而生命中一旦有了某种期待,无论大小,都会对生活乃至生命质量有所提升。

志愿者,即使他们没有与某个老人做单独的深入的交流,他们也在发挥着重要的不为人知的作用。

志愿者的欢乐

如果说世上有一种东西可以"1+1=2"般地收获快乐,那应该就是志愿者的快乐。有时我会奇怪于世上居然会有这样一种快乐,就像上帝在天上看人类匆忙行走,努力追求,而他在某个地方放了一些幸福与快乐的种子,有人找到了,不用太辛苦作一些事情——也能幸福。这些种子怎么才能找到?我们身边总会有一些需要被帮助的人,找到他们，就找到了幸福的种子……

这种感觉是如此奇妙。有人说帮助别人为了什么？但就没有人在帮助以后——再问个为什么？对！就是这样，不要去帮助前问"为什么要帮助他"，而是要在帮助后问一句"为什么帮助他"。帮助之后，你就会发现：自己的心灵多了一些东西，你说不大好那是什么，但它让你觉得生命是一个空间，这个空间已经被转移到了一个非常舒服的地方，气候舒适温暖，清风不断，乃至鸟语花香……

三、关怀高危老人之"智慧集锦"

许多脑萎缩老人都会对外界心怀恐惧，不过，是恐惧就有原因，只要找到原因，就必定会找到解决的方法，因此，请"无条件坚信"：无论他（她）脑萎缩到什么程度，他（她）的恐惧可以消除。

对高龄老人来说，一生中最核心的个性性格会表现得非常明显，那就善于利用这些个性性格吧，夸奖和谎言一起用，有时不但让一个老人高兴，而且能化解老人间的矛盾。

对高危老人来说，以他（她）最重要的东西为"引子"，劝解他（她）的一些烦恼，增加他（她）的快乐，这是非常简单实用的方法。

许多时候，不仅要把高危老人当作孩子，还要把他（她）们当作婴儿，只有这样，才能真正知道他（她）们的不易和需求。

当老人到了人生最后的阶段，请为他（她）的一生寻找两三句话——能让他（她）觉得这一生过得很值、活得很快乐的话。另外，如果你真的帮助过一位老人，他（她）给你的温暖，会让你终身难忘……

哪些事、哪些人是老人的情感伤心点，作为子女和志愿者，一定要非常清楚，那些"点"会激起高龄老人巨大的心理反应，而且他（她）们根本无法自控，一定要规避那些"点"啊……

对高危老人有兴趣做的事情，无论是什么，我们都要赞赏他（她），鼓励他（她），那是他（她）自知的为生活多一些快乐而做的努力，那是他（她）不自知的生命力的延续……

针对老人的某种身体痛苦，编造一些虚拟的人，这些人，或者与他（她）年龄相仿但比他（她）更痛苦，或者同样痛苦但年龄比他（她）小，让他（她）觉得自己还是幸运的，这个方法，很有效。

作为子女，请为高危老人至少做一件让他（她）特别特别感动的事情，这样他（她）就不会在心灵脆弱时再去怀疑亲情。

有的时候，适当的"恐吓"会有意想不到的好效果！

在劝慰高龄老人方面，有时，另一个老人的一句话比我们的一百句话都有用，给他（她）们找个好"榜样"做朋友吧。

说到底，聪明，来自孝心。

如果觉得老人"有些唠叨"，或者反复说一些东西，觉得烦，可以这样劝自己：他（她）们的一生只拥有这几百字了。听着，就有耐心了。

请细心去找能让老人高兴的一句话，而这样的话还是对他（她）一生的一种"肯定"，以后的日子可以反复地说，老人不怕重复！

把与高龄脑萎缩老人的交谈当作是挑战智慧的行为，内心中与之交谈的冲动就会大一些，来的愿望也会增加。

　　面对高危老人对你的"独享"意识，用一些方法消除他（她）对失去你的恐惧，让他（她）觉得你还是对他（她）最"特殊"，他（她）就会接纳你对其他人的好。

　　让老人感受自己强于他人的地方，并且充分利用这点做些什么，会有意想不到的好的效果。

　　如果有可能，让两个是朋友的高龄老人住在同一个医院或者养老院吧。那种安慰的力量不是你我所能想象的，另外，永远不要告诉老人，他（她）的好朋友去世了……

　　以某种方式强化老人对一些基本问题的记忆，就是在巩固他（她）整个记忆的架构，就是在延续他（她）的生命力，就是在延续他（她）的生命……

　　及时发现老人们的生活需求，买个小礼品，会迅速拉近你与老人的距离。

　　越是面对幻听幻觉的老人，越要学会"以理服人"，而且这个理，要非常"有理"。

　　在某个时候，让自己成为这样一个人：老人很看重对你的承诺，如果不遵守承诺，就见不到你了，如此，你就可以解决无数的问题了！

能从高龄老人那里"学"到一个东西，拜老人为师，是给老人的最好的礼物。

对高龄老人而言，年龄的真实性不重要，甚至许多东西的"真相"都不重要，维护他（她）们的自信与自尊更重要。

让自己按他（她）们自己"想象"的生活过吧，即使很糊涂，只要他（她）们能够——获得平静。有平静，才有快乐。

到了一定时候，父母不认识自己，这是最大的自然规律，对此平静接受，一旦被父母认出，自己又有惊喜，这种心态，很重要。

让他（她）们"直面"想象中的"恐惧"，眼见为实，效果会好一些，否则他（她）们会一直在恐惧中。

记住老人在脑萎缩状态下特殊的语言动作以及表现，在某些时刻以这些表现去劝慰他（她）们，他（她）们会比较相信你的话。

在高龄老人高兴时，利用他（她）比较在意的事情来规劝他（她）的"毛病"，会很实用。

对脑萎缩老人的悲伤，在初步努力解决无效后，可以采用"拖延不理"的方法，他（她）自己就忘了。如果我们硬要解决，就是延续他（她）对这个悲伤事情的"印象"，反倒不好。

当老人开始沉默时，是生命本身的沉默，是生命本身的退化。这种退化更可怕，能絮叨能骂人，反倒是"好事"……

请为老人在病床边布置一面亲人的照片"墙"，让他（她）们抬眼就能看到，让温暖触手可及。

小孩，老歌曲，这是高危老人生命力以及记忆的刺激源，如果可能，让老人经常接触这些刺激源吧。

请相信，正因为走到生命边缘，所以高危老人的生命力有可能让我们惊讶。注意到这点，适当把握和"利用"这点，我们会和他（她）们一起创造奇迹。

图书在版编目（CIP）数据

她们知道我来过：中国首部高危老人深度关怀笔记/张大诺著.
北京：中国青年出版社，2014.3
ISBN 978-7-5153-2225-4

Ⅰ．①她… Ⅱ．①张… Ⅲ．①纪实文学—中国—当代
Ⅳ．①I25

中国版本图书馆CIP数据核字(2014)第038777号

责任编辑：彭明榜
水墨插图：刘长年
书籍设计：孙初＋林业

中国青年出版社出版 发行
社址：北京东四12条21号
邮政编码：100708
网址：www.cyp.com.cn
编辑部电话：（010）57350506
门市部电话：（010）57350370
北京科信印刷有限公司印刷　　新华书店经销

700mm×1000mm　1/16　16.75印张　160千字
2014年4月北京第1版　2015年5月北京第5次印刷
印数：22001—30000册
定价：29.00元

本书如有印装质量问题，请凭购书发票与质检部联系调换
联系电话：（010）57350377